छायात्मजा

(एक बेटी···माँ सी)

"लाजिमी है मेरा
बेमिसाल होना,
एक तो मैं खयाल हूँ···
और···
वो भी तुम्हारा···!!!"

छायात्मजा

(एक बेटी···माँ सी)

स्वेता परमार 'निक्की'

प्रतिभा प्रतिष्ठान, नई दिल्ली

प्रकाशक : प्रतिभा प्रतिष्ठान,
1661 दखनीराय स्ट्रीट, नेताजी सुभाष मार्ग, नई दिल्ली-110002
 / संस्करण : प्रथम, 2018 / मूल्य : दो सौ पचास रुपए
मुद्रक : आर-टेक ऑफसेट प्रिंटर्स, दिल्ली ISBN 978-93-86001-83-2

CHHAYATMAJA *novel* by Sweta Parmar 'Nikki' ₹ 250.00
Published by Pratibha Pratishthan, 1661 Dakhni Rai Street,
Netaji Subhash Marg, New Delhi-110002

यह लेखनी
मैं अपनी पुत्री 'योशिमा' को भेंट करती हूँ,
क्योंकि वो मेरी जिंदगी की जीत है,
एक सबसे अमुल्य दुआ, जो मेरी झोली में आई है,
मेरी सारी दुआओं का परिणाम,
जो मुझे इसी जन्म में मिली है,
मेरी मार्गदर्शक···मेरा गर्व!
(आशीर्वाद)

मेरी बात

मेरी यह हिंदी की दूसरी पुस्तक है। किसी भी विषय पर लिखने से पहले उसका उद्देश्य, विषय-वस्तु, नियोजन, पूर्व जानकारी आदि अत्यावश्यक है। जनसाधारण तक पहुँचने के लिए भाषा और प्रस्तुतीकरण सहज और स्वाभाविक हो, ऐसी कोशिश मैंने की है। इन सबके लिए भगवत्कृपा बहुत जरूरी है और मुझ पर ईश्वर की असीम अनुकंपा है। हालाँकि मैंने कभी भी पुस्तक लेखन के बारे में सोचा नहीं था और न ही कभी प्रयास किया था लेकिन परिस्थितियों और मेरे प्रियजनों ने मुझे इस पुस्तक की रचना करने को प्रेरित किया और यह कार्य संपन्न भी हो गया!

मेरी यह पुस्तक एक लड़की से माँ के सफर की कहानी है, जो मैंने पूरी आत्मा से कागज पर शब्दों द्वारा उकेरी है। इस कहानी को मेरे पाठक अपनी जिंदगी से भी जोड़ के देख सकते हैं, क्योंकि मैंने इसे अपने दिल की संपूर्ण भावनाओं से ओत-प्रोत हो आत्मा से शब्दों में बाँधा है। उम्मीद करती हूँ, पाठक पसंद करेंगे। मैंने खुद अपनी जिंदगी में काफी उतार-चढ़ाव देखे हैं और हर मुश्किल वक्त से उबर कर खुद को स्थापित किया है। मेरा यह मानना है कि अगर सच्ची लगन, खुद पर यकीन और हौसला बुलंद हो तो कैसे भी हालात का सामना किया जा सकता है और अंत में जीत सत्य और उम्मीद की होती है, इसलिए कभी यह सोचकर रुकना नहीं चाहिए कि हमारे सामने दुःख आया या गलत हुआ, क्योंकि हो सकता है, उस क्षण के लिए वही सही हो और अगले ही पल हमें समझ आ जाए कि जो भी हुआ उसमें क्या सही था।

मैं हमेशा एक बात पर यकीन रखती हूँ कि जिंदगी में वक्त कब, कहाँ,

कैसे, कौन सी करवट ले, यह कोई नहीं जानता पर कभी उम्मीद का दामन नहीं छोड़ना चाहिए, साथ नहीं छोड़ना चाहिए और शीघ्र ही हमारे सपने एवं सोच साकार होती नजर आएगी। बस, जरूरत है तो एक साथ की चाहे वह हमारी अपनी परछाईं ही क्यों न हो।

उपन्यास 'छायात्मजा' (एक बेटी·· माँ सी) अपनी कथा वस्तु के चलते पाठकों को नई ताजगी का एहसास करा पाएगा। ऐसी मुझे उम्मीद है! इस कहानी में जहाँ प्रेम के कई रंग एक साथ विभिन्न एहसासों से सराबोर करते हैं तो वहीं छाया के प्यार का सहज, नि:स्वार्थ और करुण चेहरा भी दिखता है। कभी दो बहनों के आपसी रोष तो कभी उनके त्याग, समर्पण और संघर्ष की अनूठी कहानी भी दिखती है। इस उपन्यास की कहानी लिखने के पीछे मेरी सकारात्मक सोच और हार न मानने का जज्बा है, जो पाठकों को निश्चित ही प्रेरित कर पाएगा सकारात्मक रहने को।

उम्मीद है, यह उपन्यास जीवन के यथार्थ की किसी-न-किसी दशा को जरूर स्मरण कराएगा।

नमस्कार।

आभार

मैं, स्वेता उन सभी के प्रति आभार प्रकट करना चाहती हूँ, जिन्होंने हर पग पर मेरा साथ दिया। इस पुस्तक के माध्यम से पाठक मुझे मेरे विचारों के जरिए जान पाएँगे। मैं शुक्रगुजार हूँ उन सभी व्यक्ति विशेष की, जिन्होंने मेरा मार्गदर्शन किया और इस पुस्तक के संदर्भ में मुझे योगदान दिया, चाहे वह लेखन में विचार डालने का हो या टिप्पणी देने का। मैं आभार व्यक्त करना चाहती हूँ, खास तौर से मेरे गुरु एवं मार्गदर्शक—पद्मश्री अशोक चक्रधरजी का, जिन्होंने धैर्य से मुझे सुना एवं संपादन में मदद की। मैं धन्यवाद करना चाहूँगी मेरी परी योशिमा का, जिसने भावनात्मक रूप से मेरा साथ दिया और मेरी क्षमता को प्रोत्साहित किया। अपने पति संजय परमार का, जिन्होंने मुझे आलोचनात्मक ज्ञान दिया और उन सवालों की जाँच करने के लिए प्रश्न पूछे, जो शायद मुझे एक बेहतर लेखक बना पाए। मेरे भाई विक्रांत राघव का, जो हमेशा मेरी क्षमता में छिपा हुआ विश्वास रखता है। मेरे मित्रों का, जो हमेशा मुझे धैर्यपूर्वक सुनते हैं और सुधार में मदद करते हैं। मेरी दृष्टिकोण और नजरिए को समझने के लिए धन्यवाद श्रीमती दीपमाला सिंह राघव का, जिन्होंने आंतरिक ग्राफिक्स के माध्यम से अपने हाथों से सामने और पीछे के कवर बनाए। सहृदय धन्यवाद, मेरे पाठकों की सुंदर दुनिया को, जिन्होंने मुझे नया रूप दिया।

मेरे प्रकाशन और मेरे प्रकाशक पीयूषजी की आभारी हूँ, जिन्होंने मेरे सपने को जिंदा बना दिया। मुझे इस तरह के एक अद्भुत समूह के लोगों से आशीर्वाद प्राप्त है। मेरी सासु माँ एवं मेरे माता-पिता का धन्यवाद, जिनसे आध्यात्मिक

मार्गदर्शन, प्रेम और ज्ञान प्राप्त कर मैं उन्हें सौहार्दपूर्ण नमन करती हूँ। अपने परिवार और उन सभी करीबी लोगों के लिए नमन, जो कि अब मेरे साथ नहीं हैं, परंतु मेरी जिंदगी की सच्चाइयों की खोज करने में उन्होंने मेरी मदद की है और जो मेरे मन में अपनी छाप छोड़ गए हैं, जिसके माध्यम से मैं आप सभी के साथ, सही समय पर वास्तविकता की खोज कर पा रही हूँ।

अपनी अंदरूनी आँखों से देखने के लिए और आत्मिक शब्द कानों से सुनने के लिए मेरे जीवन में बदलते पल क्षीणनीय हो रहे थे, उन्हें सँभालने के लिए सबका बहुत बहुत धन्यवाद,

सादर

—**स्वेता परमार 'निक्की'**

“कर लेती हूँ गुफ्तगू
अपनी ही हसीन यादों से रोज
तब पता चलता है…
वो भी साथ मेरे रोती हैं।”

अकसर खाली बैठे हम देखते हैं, खुद की परछाईं को और अलग-अलग मुद्राएँ बनाते हैं अपने हाथों से; कभी हिरन, कभी हृदय, कभी पंछी तो कभी कुछ और आकृति बनाकर खुश होते हैं, जो कि वास्तव में हमारी कृति की परछाईं होती है। हम…परछाईं को देखकर ही आनंदित हो जाते हैं। रास्ते में चलते हैं तो धूप के साथ परछाईं भी दिशा बदल लेती है। कभी एक ओर से छोटी सी तो दूसरी तरफ से बहुत लंबी प्रतीत होती है। अलग-अलग माप और आकृति, किंतु रंग एक…काला-स्याह।

बाल्यावस्था हर किसी की जिंदगी का बहुत ही स्वप्निल और खुशहाल समय होता है, पर कभी-कभी उसी बाल्यावस्था का एक अनकहा, अनदेखा, अनभिज्ञ स्वरूप होता है, जिसे चाहकर भी भुलाया नहीं जा सकता। जिंदगी भर वो एक परछाईं की तरह साथ रहता है। हर पल, हर लम्हा, हर घड़ी…साथ चलती…परछाईं।

परछाईं

कभी भागती आगे, कभी दूर तक लंबी
हर पल बदलता स्वरूप, नई आकृति लिये
कभी इधर तो कभी उधर भागती
आँख–मिचौली करती हमसे
साथ रहे हमेशा मगर हर पल जुदा–सी
छू कर महसूस करे उसे तो जिस सतह–सी
उस जैसा प्रतिबिंब लिये
अजब–सी, साथ होकर भी पृथक्–सी
एक अबूझ पहेली–सी
कभी कमजोरी मेरी, कभी हौसला भी
ऐसा लगता है अकसर कि
वो सच है हम झूठ
पर समझ न आए
ये फसाना है अभी
पर उदासी छा जाती है जब
छा जाता है अँधेरा···
न खुद साथ होते हैं अपने
न ही परछाईं भी
अँधेरे में छोड़ देती है साथ ये
कैसे कहें कि हमदम भी है, दोस्त भी
हमसफर भी है, हमराही–हमसाया भी।
दिन में उजालों में होती है साथ हमेशा
क्यों हो जाती है गुम ये जब हो अंधकार भी
जब छाता है घुप्प अँधेरा तो हो जाती है लुप्त
लगता है डर···
जब ये चली जाती है गुपचुप।

आँख मिचौली ये भी है करती, जब-तब
धूप में साथ तो छाँव में गायब।
कैसे साथ रखूँ हर पल
ये सोच के चलना···
फिर रुकना और फिर
कुछ सोच के चलना···
परछाईं···साथ और नहीं भी
···परछाईं॥

1

“छाया! सुनो, इधर आओ। मेहमान आनेवाले हैं घर में। अच्छे से तैयार हो जाओ।”

माँ आवाज लगा कर बता रही थी, किंतु छाया बहुत डरी हुई-सी अपने कमरे में दुबकी बैठी थी। छाया बहुत शर्मीली लड़की थी। किसी से ज्यादा घुलना-मिलना, बातचीत करना उसे कम पसंद था। उसे घबराहट होती थी। क्यों होती थी ? क्या कारण था, ये किसी की समझ नहीं आता था। आखिर क्यों है इतनी घबराहट उसके अंदर ? किस बात का डर है ? कुछ समझ नहीं आता था।

कैसे, क्या, क्यों…पता नहीं।

“सुन लो, बच्चा। कहाँ छुपी बैठी हो ? बाहर आओ।”

पापा की आवाज थी तो दौड़कर छाया आई कोने में से निकलकर और अपने पापा से लिपट गई।

“क्या हुआ ? किसी ने कुछ कहा ? क्या बात है ? क्यों घबराई हुई हो इतना ?”

“मुझे किसी से नहीं मिलना, पापा।”

“ये क्या बात हुई बच्चा ? जब भी कोई आता है तुम…। नहीं, ऐसे नहीं करते। चलो, अच्छे से तैयार हो जाओ।”

“नहीं पापा। मत बुलाया कीजिए। मुझे नहीं मिलना किसी से।”

“पर क्यों बच्चा ? क्या कारण है ? बताओगी कभी ?”

“बस, मुझे तैयार होकर बाहर नहीं आना पापा।”

“छाया ! पापा कह रहे हैं न। बात नहीं मानोगी ?”

"पर और सब है न पापा?"

छाया लगभग रो पड़ी तो महेश ने प्यार से उसे अपने पास बैठाया। फिर बोला—

"बेटा, ऐसे कब तक भागोगी सबसे मिलने से? कब तक ऐसे हर मेरे साए में छिप कर बैठोगी? तुम परछाईं नहीं हो, जो किसी के साथ चलो। तुम मेरा बच्चा हो, छाया।"

"छाया भी तो परछाईं का ही पर्याय है। है न, पापा?"

"हाँ बच्चा, पर उसका अलग स्वरूप होता है।"

"नहीं पापा। मुझे किसी से नहीं मिलना।"

"छाया! मेरा अच्छा बच्चा हो न तो कहना नहीं मानोगी?"

पापा की बात सुनकर जाते-जाते छाया रुकी और फिर बोली—

"अच्छा! आप मेरे साथ ही रहोगे न पापा? छोड़कर तो नहीं जाओगे?"

"नहीं जाऊँगा। अब तुम तैयार होकर जल्दी से आओ।"

"जी! अभी आती हूँ।"

कहकर छाया अपने कमरे में चली गई। महेश भी उठकर तैयार होने चला गया, बस एक उधेड़बुन थी मन में कि कैसे छाया के मन का डर दूर कर पाएगा वो। और वैसे ऐसा कुछ था भी नहीं जिसकी वजह से वो इतना घबराती है। वो ज्यादा सोच-समझ नहीं पा रहा था। वक्त भी कम था उसे तैयार भी होना था। वह नहाने चला गया और सोचने लगा उस वक्त को, जब सब शुरू हुआ था। तब उसे यही लगता था शायद यह छाया की शर्म है, जिसकी वजह से वो भाग जाती है, पर धीरे-धीरे समझ आया कि ये खीझ, घबराहट, या डर है। अब इससे उसे कैसे बाहर निकलना है, बस यही सोचना है। और एक बात जो वो देख रहा था कि छाया उसके अलावा किसी और कि साथ सामान्य नहीं रह पाती। यही सबकुछ सोचते हुए वो धीरे-धीरे दस साल पीछे पहुँच गया···अपने खयालों में।

दस साल पहले···

□

2

महेश की जिंदगी की सबसे अनमोल सौगात थी, उसकी दो बेटियाँ। छाया (छह साल) और आकृति (चार साल)। दोनों छोटी ही थीं, जब उनकी माँ का निधन हुआ। बहुत अकेला पढ़ गया था महेश। किंतु उसने आया नहीं रखी, या यूँ कहें कि उसे जरूरी नहीं लगा। वो यकीन नहीं रख सकता था किसी आया पर। यही सब सोचकर उसने फैसला किया दोबारा शादी करने का, पर कुछ अजीब इरादे और शर्तों से। बहुत जल्द उसे उसके हिसाब की लड़की मिल भी गई। बिल्कुल वैसी जैसी वो चाहता था। बहुत सभ्य, ममतामयी पर जो खुद कभी किसी बच्ची को जन्म न दे सकती थी, किंतु माँ का प्यार देकर माँ बन सकती थी। वो लड़की भी सहर्ष मान गई। आखिर उसे दो इतनी प्यारी बेटियाँ जो मिल रहीं थीं।

नई माँ का नाम आकर्षणा था। वो अपने नाम के अनुसार थी भी बहुत प्यारी। गुजरते वक्त के साथ दो सालों में वो बच्चियाँ भी नई माँ के साथ घुल-मिल गई थीं। पर छाया पापा की ज्यादा लाड़ली और करीब थी। बहुत खुशहाल परिवार था। पर जैसे-जैसे समय बीत रहा था, छाया बहुत अंतर्मुखी होती जा रही थी। हालाँकि बेहद खूबसूरत और अत्याकर्षक व्यक्तित्व की स्वामिनी थी छाया, किंतु क्या और कौन सी बात उसे अंदर ही अंदर उसे खाए जाता रही थी, समझ नहीं आ रहा था।

"अरे छाया, सुनो। आज तो स्कूल में चित्रकला प्रतियोगिता है न? तुमने भाग लिया है क्या?" आकृति ने पूछा।

"हाँ, लिया तो है। तुमने भी लिया है क्या?" छाया ने भी पूछा।

"हाँ, हहहह, मैंने भी लिया तो है। मजा आएगा।"

पहले तो छाया उसकी हँसी का मतलब समझ न सकी, फिर भूल कर खुद भी साथ में खिलखिलाने लगी।

"छाया! आकृति! तुम दोनों ने सारा सामान रख लिया न ठीक से? कुछ रह तो नहीं गया? फिर से देख लो।" आकर्षणा ने कहा और फिर दोबारा पूछा—

"छाया! आकृति! बेटा सुन रही हो न दोनों?ध्यान से देख लेना, कुछ छूटना नहीं चाहिए।"

"अरे माँ! आप बिल्कुल चिंता न कीजिए। हम दोनों ने सबकुछ अच्छे से रख लिया है।" आकृति ने जवाब दिया।

"और हाँ, माँ! हलुवा बनाकर रखना। जीतना तो है ही।"

आकृति की ऐसी बातें सुनकर छाया थोड़ी परेशान-सी हुई थी, पर फिर अचानक खुद ही तेजी से सर झटका, जैसे गुस्सा और परेशानी फेंक रही हो। तुरंत मुसकराहट ओढ़ ली। यही एक आदत थी छाया की, जो उसे सबसे अलग करती थी आदतों में, किंतु सबसे करीब थी सबके दिल के। दोनों बहनों ने अपना बैग उठाया और चल पढ़ीं अपने विद्यालय की ओर।

"माँ, मैं जीत गई। हलुवा बनाया है न?" दौड़ते हुए अंदर आते वक्त आकृति ने पूछा।

"हाँ! बनाया है, क्योंकि मुझे पता था कि आज घर में इनाम आएगा तो जरूर।"

"बिल्कुल सही सोचा, माँ! पर ये नहीं सोच होगा कि दोनों बेटियाँ लाएँगी।"

"अहा! मुझे मालूम था कि मेरी दोनों बेटियाँ सबसे बेहतर हैं। अवश्य जीतेंगी।"

सुनते ही आकृति संग छाया बहुत तेज हँस पड़ी और साथ में आकर्षणा की भी हँसी शामिल हो गई। बहुत खुश थीं तीनों। इतने में ही महेश ने घर में प्रवेश किया।

"क्या बात है ? आज ये माँ-बेटियों की जोड़ी बड़े जश्न मना रही हैं ? हँसी की आवाज बाहर तक आ रही है। जरा मुझे भी तो पता चले, बात क्या है ?" महेश के वाक्य अभी पूरे भी नहीं हुए थे कि छाया बोली—

"पापा ! आपकी बेटियाँ प्रतियोगिता जीत कर आई हैं।"

"अरे वाह ! ये तो शानदार खबर है।" कहकर महेश आगे बढ़ा उसे गले लगाकर बधाई देने को कि इतने में ही आकृति दौड़कर आई और महेश के गले में झूम गई।

"पापा, मैं भी जीत कर आई हूँ। हम दोनों ने इनाम जीत है। हम दोनों को बधाई दीजिए।"

"शाबाश ! बहुत अच्छे मेरे बच्चो, ऐसे ही तरक्की करो और हर क्षेत्र में अव्वल रहो।" कहकर आगे बढ़कर छाया को भी गले से लगाकर उसका माथा भी चूम लिया। उसे समझ आ गया था कि आकृति के गले लगते ही उसने अपने कदम रोक कर पीछे कर लिये थे। छाया बहुत खुश हो गई थी कि उसके पापा ने उसे गले लगाया और बधाई दी। अब तो वो कूद रही थी ऐसे जैसे पाँव जमीन पर ही न हों। उड़ती फिर रही थी पूरे घर में। ऐसे ही धीरे-धीरे और वक्त गुजरता गया और दोनों बहनें तरक्की करते हुए आगे बढ़ रही थीं। किंतु एक बदलाव-सा आ रहा था उसमें। कारण समझ नहीं आ रहा था, पर आ रहा था…एक बदलाव !

□

3

छाया अब चौदह साल की थी और आकृति बारह साल की। दोनों बहुत सुंदर चित्रकारी और कत्थक नृत्य करने लगी थीं। साथ ही, गायन में भी निपुण थीं।

आज घर में दोस्तों और पारिवारिक सदस्यों का समारोह रखा गया है। आज सभी खास लोग इसमें सम्मिलित होंगे। सभी मिलकर राग-रंग, हास्य-विनोद, नृत्य-गायन जैसे कार्यक्रम करेंगे। सभी बेहद उल्लासित थे, दोनों बहनें भी। दोनों ने आज सलवार-कमीज ही पहने थे। आज वो नृत्य, गायन व चित्रकारी तीनों करनेवाली थीं। दोपहर होते-होते सभी इकट्‌ठा हो गए थे।

"पापा, कैसी लग रही हूँ मैं?" छाया ने पूछा।

"अरे! इसमें पूछना क्या है? तू तो है ही इतनी खूबसूरत कि अगर रात के सोने के कपड़ों में भी चली जाए तो भी चमकेगी। हम जैसों को तैयार होना पड़ता है।" पीछे से आकृति कहती हुई आई।

उसकी बातें सुनकर झेंप गई छाया। उसे अजीब लगा। इतने में ही महेश बोले—

"दोनों बहनें बहुत ही प्यारी लग रही हो। हमेशा ऐसे ही खुश रहो।"

फिर आकृति छाया का हाथ पकड़कर उसे भी बाहर ले आई। काफी सारे कार्यक्रम हुए, फिर गायन का हुआ। दोनों बहनें एक-दूसरे से बढ़कर।

"कितनी खूबसूरत है महेश की बड़ी लड़की?"

"सच में परियों सी है। नजर न लगे।"

"कोई यूँ ही ले जाएगा माँग कर।"

"सही कह रही हो। दहेज भी नहीं देना पड़ेगा।"

"इतनी खूबसूरत है कि नजर ही नहीं हटती।"

"बड़ी फुरसत से गढ़ा है भगवान् ने इसके रूप को।"

"दिन-ब-दिन और निखर रही है।"

ऐसे ही सब बातें कर रहे थे। उनके गायन पर किसी का ध्यान नहीं था। उनका गीत खत्म हो गया, पर तालियाँ बहुत कम बजीं तो दोनों एक-दूसरे को देखने लगीं कि कहीं गलत या खराब प्रस्तुति तो नहीं थी। फिर उतर कर आ गईं सबके बीच। सबने छाया को घेर लिया।

"कितनी सुंदर है तू?"

"कितने रेशमी बाल हैं?"

"कितनी प्यारी बड़ी-बड़ी आँखें हैं?"

"गुलाब की पंखुड़ी से होंठ।"

"मक्खन जैसी त्वचा।"

"हाथ देखो, कितने खूबसूरत हैं?"

"हाँ, पतली लंबी सुंदर अंगुलियाँ।"

"मोतियों से दाँत।"

"लंबी सुराहीदार गरदन।"

और भी न जाने कितनी उपाधियाँ दी गईं उसे, उस दिन उसके खूबसूरत होने पर बस, नहीं मिली तारीफ तो उसकी गायकी की। आकृति तो मुरझा-सी गई, कोई उसकी तरफ देख भी नहीं रहा था। दोनों बहनें उदास हो गईं। फिर चित्रकला की प्रतियोगिता हुई। आकृति ने अपनी कृति दिखाई। सबने जी खोलकर तारीफ की।

"कमाल की चित्रकारी की है बच्ची ने।"

"जादू है हाथों में, कमाल कर दिया।"

"ऐसा लग रहा है जैसे जीवंत चित्र है।"

"बेहद खूबसूरत।"

"बहुत आगे तक जाएगी ये बच्ची।"

और भी न जाने कितनी तारीफों के पुल बँधे आकृति के लिए। खिल गई एकदम से आकृति, पुलकित-सी झूमने लगी। अब छाया की बारी थी। वो जब अपना चित्र लेकर आई तो किसी ने उसके चित्र पर ध्यान देने के बजाय उसे ही देखा।

"अरे बेटा, तुम्हें क्या जरूरत है चित्रकारी की? तुम्हारे आगे तो हर चित्र फीका है।"

"अपने इतने प्यारे से सुंदर हाथों को क्यों तकलीफ दे रही हो, बेटा?"

"तुम तो राज करने के लिए बनी हो। ये सब काम तुम्हारे लिए नहीं हैं।"

"सही कहा आपने, ये तो अप्सरा है। कोई यूँ ही ले जाएगा और हाथों पर रखेगा, पलकों पर सजा कर।"

" हाँ, इसे तो कुछ भी करने की जरूरत ही नहीं।"

और उसका बनाया चित्र बिना देखे ही एक तरफ रख दिया गया था। बहुत मुरझा सी गई थी छाया। उसे लगा, किसी को फर्क ही नहीं पड़ता कि वो क्या करती है, कैसा करती है। आज उसे अपनी सुंदरता पर गुस्सा आ रहा था और साथ ही आकृति से पहली बार जलन हुई थी। वहीं, आकृति को भी अच्छा नहीं लग रहा था कि सब छाया को घेरे रहते हैं। उसके पास कोई नहीं आता।

शाम हो गई थी और सब लोग अपने-अपने घर चले गए थे। अब बस चारों परिवार के सदस्य ही रह गए थे। आकृति और छाया कपड़े बदलने चली गईं।

"मुबारक हो, तुम्हारे चित्र की काफी तारीफ हुई।" छाया ने कहा।

"क्यों? तुम क्या चाहती थी कि उसमें भी तुम्हें ही सराहा जाता?" आकृति ने चिढ़कर कहा।

"मैंने ऐसा कुछ नहीं कहा है। मेरा चित्र तो देखा भी नहीं किसी ने।"

"ओह! तो तुम चाहती थी कि उसमें भी बस तुम्हारी ही तारीफें होतीं। अभी जी नहीं भरा सुन के?"

"तुम···छोड़ो।" बस इतना कहकर छाया चुप हो गई।

दोनों बहनों के बीच दूरियाँ आ रही थीं। एक अनकही चुप्पी ने जगह ले

ली थी। आकृति को काफी पुरस्कार मिलते थे। सब उसके हुनर की तारीफ करते थे, पर छाया ने अब किसी भी प्रतियोगिता में भाग लेना छोड़ दिया था। अब वो बस अपने में ही रहने लगी थी। पर कारण क्या था, ये सबकी समझ से परे था। चार साल बीत गए थे, ऐसे ही सोचते हुए और अब छाया अठारह साल की बेहद खूबसूरत नवयौवना में तब्दील हो चुकी थी। पर आज भी ऐसे ही घबरा जाती थी किसी छोटी बच्ची की तरह और महेश से चिपक जाती थी, डर के कारण। आकृति भी सोलह बरस की कुमारी हो गई थी।

□

4

"पापा! आ गई मैं तैयार होकर।"

अचानक महेश की तंद्रा भंग हुई।

"हाँ बेटा। बस, दस मिनट में चलते हैं। बहुत प्यारी लग रही है मेरी बच्ची। ऐसे ही हमेशा खुश रहना।"

छाया मुसकराकर बोली, "जी, पापा।"

महेश को अच्छा लगा छाया को खुश देखकर, और वो भी अच्छे से तैयार हो गया।

"आकर्ष! कितनी देर और लगेगी तुम्हें?"

"बस पाँच मिनट और, ईश!"

"सच में पाँच मिनट या पाँच मिनट...हुँह।"

"क्या ईश! हमेशा समय पर तैयार रहती हूँ, फिर भी आप?"

"अब तुम्हें नहीं छेड़ूँगा तो क्या पड़ोसन को छेड़ूँ क्या?"

आकर्षणा ने एक छोटी-सी मुक्की उसके सीने पर मारी और उसके गले लग गई।

"अरे! पंगा मत लो, अभी भागोगी वरना।"

"शैतान।"

और दोनों तेज-तेज हँसने लगे।

फिर तैयार होकर बाहर आए। अपनी बच्चियों को साथ लेकर बगीचे की ओर चल दिए। वहीं पर सारी व्यवस्था थी। बहुत सारे मेहमान आ भी गए थे, कुछ आने बाकी थे।

□

"नमस्ते भाईसाब। कैसे हैं?"

"बस, दुआ है आप सबकी। आप बताइए, कैसी हैं?"

"जैसे पिछली बार मुलाकात के वक्त थी, बिल्कुल वैसे ही हूँ।"

और दोनों दोस्त ठहाके लगाने लगे। आकर्षणा और मृगांका—दोनों आगे बढ़ गए।

महेश के बचपन का साथी था ग्रिजेश। उसके हर कार्यक्रम में हमेशा उसके साथ होता था। शादी भी लगभग साथ ही हुई थी दोनों की, इसी कारण आकर्षणा और मृगांका की बहुत बनती थी। उनका एक ही बेटा था मृगेश। छाया से तीन साल बड़ा था। अच्छा तालमेल था तीनों बच्चों के बीच में। छाया और आकृति—दोनों ही काफी खुश रहती थी मृगेश के साथ। छाया और मृगेश की पसंद बहुत मिलती थी, इसलिए अधिकांशतः वो दोनों एक-दूसरे की सलाह लेते रहते थे। आकृति थोड़ी अलग थी उन दोनों से, किंतु मृगेश के साथ वह आश्वस्त रहती थी।

□

"आज मृगेश नहीं आया?"

"आया है। सामान निकलवा रहा होगा।"

"कितनी अच्छी बात है, ग्रिजेश। अभी से ही इतना समझदार है तुम्हारा बेटा। आगे बहुत अच्छे से सँभाल लेगा सबकुछ।"

" सिर्फ मेरा नहीं, तेरा भी बेटा ही है वो।"

और दोनों दोस्त तेज-तेज हँसने लगे मानो उन्हें पता हो कल क्या होनेवाला है।

□

"अरे! कहाँ रह गए थे आप दोनों, सब पूछ रहे हैं।"

"हाँ। बस, आ ही रहे थे। लो, मृगेश भी आ गया।"

"नमस्ते आंटी। नमस्ते अंकल।"

" खुश रहो बेटा।" आकर्षणा ने कहा।

"और क्या हाल-चाल, हीरो?" महेश ने कहा।

"जी, बिल्कुल बढ़िया। आप सब बताइए।" मृगेश ने प्रत्युत्तर दिया।

" अच्छा···बच्चे वहाँ हैं। जाओ उनके साथ रहो और वहाँ की व्यवस्था देखो, तब तक हम यहाँ देखते हैं।" मृगांका ने कहा।

"जी, माँ।" और मृगेश आगे बढ़ गया।

□

धीरे-धीरे कार्यक्रम में रौनक बढ़ रही थी। लोगों का आगमन शुरू था। खूबसूरत माहौल में सब बहुत प्यारा लग रहा था।

"हैलो मिसेज त्रिपाठी, कैसी हैं आप? आइए बैठिए।"

"नमस्कार भाईसाब, काफी देर कर दी आने में आपने। पर वक्त निकला, उसके लिए बहुत आभार।"

"कैसी हैं आप मिसेज गुप्ता? बच्चे नहीं आए?"

"बहुत प्यारी लग रही हो श्रुपा बेटा। उधर हैं छाया, आकृति। वहाँ पर बैठो।"

"आइए मिसेज बोस, श्रुपा ही आई है बस, बाकी सब कहाँ हैं? ओह। अच्छा, पीछे हैं आपके। आइए, आइए।"

□

ऐसे ही मेहमान आ रहे थे और महेश व आकर्षणा उनका स्वागत कर रहे थे। ग्रिजेश और मृगांका ने बाकी सब सँभाल रखा था। अब तक शायद सभी मेहमान आ चुके थे। महेश ने देखा, अब थोड़ी फुरसत है तो उसे याद आया छाया ने उसे एक कागज का टुकड़ा थमाया था। निकालकर पड़ने लगा—

"कभी अभिमान तो कभी स्वाभिमान है···पिता।"

···कभी धरती तो कभी आसमान है···पिता···

जन्म दिया है अगर माँ ने···

जानेगा, जिससे जग वो पहचान है···पिता

कभी कंधे पर बिठाकर मेला दिखता है···पिता।

कभी बनके घोड़ा घुमाता है···पिता···

माँ अगर मैरों पर चलना सिखाती है···तो।

पैरों पर खड़ा होना सिखाता है…पिता।
कभी रोटी तो कभी पानी है…पिता…
कभी बुढ़ापा तो कभी जवानी है…पिता।
माँ अगर है मासूम-सी लोरी…तो
कभी न भूल पाऊँगी वो कहानी है…पिता
कभी हँसी तो कभी अनुशासन है…पिता…
कभी मौन तो कभी भाषण है…पिता…
माँ, अगर घर में रसोई है…तो
चलता है, जिससे घर वो राशन है…पिता
कभी ख्याब को पूरी करने की जिम्मेदारी है…पिता…
कभी आँसुओं में छिपी लाचारी है…पिता…
माँ अगर बेच सकती है जरूरत पर गहने…तो
जो अपने को बेच दे वो व्यापारी है…पिता
कभी हँसी और खुशी का मेला है…पिता…
कभी कितना तन्हा और अकेला है…पिता…
माँ तो कह देती है अपने दिल की बात…
सबकुछ समेट के आसमान-सा फैला है…पिता… !!!!
आई लव यू पापा—छाया।

पढ़कर महेश की आँखें नम हो गई। आकर्षणा ने पूछा तो उसने वो कागज का अनमोल टुकड़ा उसे थमा दिया। अब शाम और भी प्यारी लग रही थी।

□

5

"ऊप्स! क्या करते हो आप मृगेश? घबरा ही गई थी मैं तो!" छाया हड़बड़ा के बोली।

"क्यों? क्या लगा तुम्हें? कोई आ गया तुम्हें उठा के ले जाने? हा···हा···हा···हा।"

उसके ठहाके से छाया को रोना आ गया।

"क्या तुम भी छाया? इतने से मजाक से कोई रोता है क्या? चुप हो जाओ अब और चलो अंदर। बेकार में सब डाँटेंगे मुझे।" कहकर मृगेश ने उसके आँसू पोंछे और पानी पिलाया। कुछ बोली नहीं छाया, पर चुप हो गई। मृगेश ने जाते वक्त उसका हाथ थाम लिया और उसे अपने साथ ले चला। पर उसकी बातें शुरू थीं।

"छाया, एक बात बताओ मुझे! क्यों इतना घबरा जाती हो तुम? क्यों सब से कटी सी रहती हो? आखिर कोई तो कारण होगा? अगर है थोड़ा सा यकीन मुझ पर, तो मुझे बताओ···प्लीज!"

पर छाया खामोश थी। कुछ नहीं बोली।

"अरे! कहाँ चले गए थे तुम लोग? कब से खोज रहे हैं सब? पता है, घर पर इतने मेहमान हैं तो अपने आप सोचना-समझना चाहिए। अब कोई छोटे बच्चे नहीं हो तुम लोग।"

बुआ दादी ने थोड़ी झिड़की लगा दी। कुछ कहा नहीं ज्यादा, पर थोड़ा गुस्सा थी, ये समझ आ गया।

□

"ओहो! यहीं तो थे दादी। बस, जरा उस तरफ थे! आप आइए न मेरे साथ। चलते हैं उस तरफ, वहाँ बहुत अच्छी कुल्फी मिल रही है। आपको पसंद है न? चलिए, खाते हैं।" छाया ने मनाया।

मृगेश चौंक गया। उसे समझ नहीं आया कि अभी जो घबरा रही थी, क्या ये वही लड़की है? एक अनसुलझी-सी पहेली है ये लड़की! मन में सोचा उसने और फिर मुसकरा कर आगे बढ़ गया। देखने लगा वो कि सब लोगों को हर चीज आराम से मिल रही है। सब व्यवस्था सही से है, पर कभी-कभी काफी ध्यान देने के बावजूद भी थोड़ी कमी रह ही जाती है।

सब अच्छे से चल रहा था। तसल्ली कर वो बाहर बगीचे में आ गया। इतने में ही आकृति अपनी सहेलियों के बीच में से मृगेश के पास आई।

"यहाँ अकेले क्यों खड़े हो? अंदर आ जाओ सबके साथ।"

"नहीं! मैं यहीं ठीक हूँ अभी। तुम अंदर चलो।"

"ऐसे कैसे? अंदर चलो, कमाल है, लेने आई हूँ तुम्हें।"

"कुछ काम है क्या?"

"नहीं! काम होगा, तभी चलोगे क्या?"

"हाँ, तभी चलूँगा। अभी तुम जाओ।"

"ऐसे कैसे बात कर रहे हो? बात क्या है?"

"तुम क्या मुझे थोड़ी देर अकेले रहने दे सकती हो? प्लीज!"

"पर···! ठीक है!"

और आकृति चली गई। सोचते हुए कि आखिर क्या बात है।

फिर अंदर जाकर अपनी सहेलियों के साथ ही व्यस्त हो गई।

छाया ने भी बुआजी को खाना खिला दिया था और मना लिया था उन्हें। उन्हें उनकी हमउम्र सखियों के साथ बैठाकर वो बाकी सब देखने उठ गई। चारों तरफ ध्यान था उसका किंतु उसकी नजरें मृगेश को खोज रहीं थीं। जब कहीं नहीं दिखा तो चिंतित हो गई थोड़ा-सा वो। फोन मिलाया तो बंद आया। घबरा गई वो। खोजने लगी यहाँ-वहाँ। बेचैनी साफ छलक रही थी चेहरे पर। पेशानी पर पसीने की बूँदें चमक रही थीं, जो मेहनत की नहीं, वरन् चिंता की थीं।

"आंटी! मृगेश कहाँ है?" छाया ने मृगांका से पूछा।

"यहीं कहीं होगा, बेटा। मुझे तो उसका वैसे भी पता-ठिकाना कम ही रहता है।"

"जी, आंटी!"

कहकर आगे खोजने चल दी छाया उसे। जब कहीं नहीं मिला तो बाहर आकर बैठ गई। रुलाई फूटने वाली थी बस कि अचानक दिखा उसे मृगेश, सामने से आता हुआ।

"तुम अपने आप को कोई बहुत बड़ा सम्राट् समझते हो क्या? कहाँ चले गए थे बिना बताए? किसी को बताकर भी जा सकते थे। जरा-सी तो तहजीब होनी चाहिए न, 'मृग' परिवार के साथ हो तो। कितनी चिंता हो रही थी सबको?" वो बोले जा रही थी और मृगेश चुपचाप खड़ा था।

"अब चलिए। अंदर खाना खा लीजिए, काफी देर हो गई है पहले से ही।"

"तुम चलो, मुझे भूख नहीं।"

"क्या बात है? सब ठीक तो हैं?"

"हम्म"

"बताइए। क्यों परेशान हैं आप?"

"क्या अकेले छोड़ सकती हो कुछ देर मुझे? प्लीज!" हाथ जोड़ने की मुद्रा में मृगेश ने कहा।

छाया ने उसके हाथ थाम लिए और जैसे ही फिर से उसने कुछ कहना चाहा, छाया ने अपनी अंगुली उसके होंठों पर रख दी। फिर अपनी गरदन 'न' में हिलाते हुए बोली।

"ठीक है! कुछ नहीं कह रही मैं, न ही पूछूँगी कुछ। आप बैठिए इत्मीनान से जब तक चाहें।"

मृगेश ने उसकी तरफ देखा, फिर बैठ गया। छाया उसके साथ वाली बेंच पर बैठ गई। मृगेश ने प्रश्नवाचक, किंतु हैरत भरी निगाहों से उसे देखा तो छाया बोली—

"क्या हुआ? अब क्या यहाँ बैठ भी नहीं सकती मैं?"

मृगेश कुछ नहीं बोला। बस, नजरें फेर लीं दूसरी तरफ। छाया हौले-से मुसकरा दी, क्योंकि उसे पता था मृगेश क्यों फूला बैठा था। पर वो कुछ बोली नहीं, वहीं बैठी रही।

"तुम जाओ न, क्यों बैठी हो यहाँ?"

"अरे! आपसे कुछ भी तो नहीं कह रही मैं, फिर क्या तकलीफ है आपको मेरे यहाँ बैठने से?"

"ठीक है, मैं कहीं और बैठ जाता हूँ।"

"ठीक है, चलिए।"

"तुम्हारे साथ नहीं बैठना मुझे।"

"तो मैं आपके साथ थोड़े न बैठी हूँ? अलग जगह है।"

बोलकर छाया तेज खिलखिलाने लगी और मृगेश बस उसे देखता ही रह गया। उस वक्त उसे ऐसा लगा जैसे दुनिया की सबसे मीठी और खूबसूरत खिलखिलाहट देख-सुन रहा है। खो-सा गया वो उसमें। इतने में ही किसी ने जोर से उसे हिलाया तो उसकी तंद्रा भंग हुई और देखा तो छाया ही थी। भवों को ऊँचा-नीचा करके जैसे पूछा उसने, क्या हुआ पर मृगेश सकपका गया और थोड़ा सँभल कर बोला—

"कितनी बार कहा तो कुछ नहीं हुआ, फिर क्यों?"

"अच्छा बाबा, अब माफ कर दो न।"

मृगेश ने नजरें घुमाकर उसे देखा, पर बोला कुछ नहीं। छाया उसके सामने आई और कान पकड़ कर खड़ी हो गई। बस, उसकी तरफ देखती रही। ज्यादा देर नहीं देख पाया, ऐसे उसे मृगेश और उसके हाथ हटाते हुए बोला—

"ऐसे करोगी अब? तुम्हें पता है न मैं नहीं देख सकता तुम्हें ऐसे?"

"अच्छा, फिर क्यों सताते हो इतना?"

"हा··हा। मैं सता रहा हूँ या तुम सुबह से नौटंकी कर रही हो? जानती हो, तुम्हारे आँसुओं को नहीं देख पाता मैं, लेकिन तुम्हें मेरे अलावा सबकी बात समझ में आती है। कैसे समझाऊँ तुम्हें कि···" छाया ने उसके होंठों पर अपनी हथेली रखकर चुप करा दिया उसे। उसके चेहरे को अपने हाथ में लिया

और उसके छलकते आँसुओं को पी गई। फिर उसका माथा चूमकर बोली—

"चलिए, सब खोज रहे होंगे हमें अंदर। बाकी शिकायतें बाद में।"

मृगेश ने कसकर उसका हाथ पकड़ लिया और बोला—

"चलो जिंदगी।"

और दोनों अंदर चल दिए, पर छाया पहले और मृगेश थोड़ा रुककर जाना चाहता था। वो समझ नहीं पा रहा था कि क्या वाकई ये प्यार है या बस प्यार है ? शायद किसी दिन समझ पाए वो कि वाकई प्यार क्या है, क्योंकि वो सिर्फ छाया के स्वरूप में नहीं है। उसके लिए प्यार सिर्फ छाया नहीं है। इन्हीं सोच-विचारों के साथ चलते हुए उसे एहसास हुआ कि वो अंदर पहुँच गया है, जब बुआ दादी ने कहा—

"हो गई घुमाई ? मुझे तो बड़ा कह रहा था कि···।"

"ओ हो दादीजी ! आप भी क्या बात कर रही हो ? अब आ गया न मैं ?"

कहकर मृगेश ने बात से ध्यान बँटा दिया। अब उसने चारों तरफ देखा। बहुत भरा हुआ था बगीचा। कुछ लोग खा रहे थे, कुछ बातें कर रहे थे, कुछ डांस फ्लोर पर थे। अचानक उसकी नजर छाया पर गई, जिसे उसकी सखियाँ ले जाना चाहती थी डांस फ्लोर पर, पर वो शायद नहीं जाना चाहती थी। आकृति पहले से ही नृत्य कर रही थी और सब उसे प्रशंसनीय नजरों से देख रहे थे। तभी मृगेश ने छाया को देखा और उसको खींच कर फ्लोर पर ले गया। उसे देखते ही आकृति हट गई। छाया ने भी मना किया काफी, पर मृगेश कहाँ सुनने वाला था ? जैसे ही छाया ने नृत्य करना शुरू किया, वैसे ही सभी की नजरें बस उसी पर थम गईं। वो इतनी ज्यादा प्यारी लग रही थी मानो साक्षात् कोई देवी नीचे उतर कर नृत्य कर रही हो। हल्के सफेद आसमानी रंग के वस्त्रों में वो बहुत खूबसूरत लग रही थी। सब मंत्रमुग्ध-से उसे देख रहे थे। सारी सभा में सन्नाटा छा गया था और सब स्टेज के पास ही आ गए थे। छाया भी मगन थी जैसे अपने में ही। जब पैर थिरकने से रुके तो उसे होश आया कि सब वहीं खड़े हैं। वो नजरें झुकाकर हाथ जोड़कर खड़ी हो गई और तालियों की गड़गड़ाहट गूँज उठी। छाया दौड़कर नीचे आ गई और महेश के पीछे जाकर खड़ी हो गई।

सब उसकी तारीफों के पुल बाँध रहे थे, पर नृत्य की तारीफ नहीं वरन् फिर से उसकी खूबसूरती की तारीफें। छाया के आँसू छलक आए थे और वो वहाँ से निकालने का रास्ता खोज रही थी। इतने में ही खाना खाने के लिए प्रस्थान करने की घोषणा से सबका ध्यान एकदम से स्टेज पर गया। मृगेश था, वो जो सबको आमंत्रित कर रहा था कि "भोजन ठंडा हो जाए, उससे पहले उसे ग्रहण करें।" उसकी बेचैनी शायद मृगेश को समझ आ गई थी। सब भोजन कक्ष की तरफ बढ़ने लगे। छाया ने आँखों से ही मृगेश को धन्यवाद किया तो वो भी अपने दिल पर हाथ रख मुसकरा दिया। उन दोनों की अपरिभाषित भाषा शायद वे दोनों ही बेहतर समझ पाते थे। छाया घर की ओर मुड़कर चली गई। आज उसने अपनी डायरी उठाई और लिख डाली एक कविता—

"अकेला नहीं जा सकता।"
—कहा तुमने
कितने सरल-सहज भाव से कह दिया तुमने
ऐसा पहली बार नहीं···वरन्
कई-कई बार कह जाते हो तुम
कभी अपने अंदाज में
कभी चुप रहकर
कभी हाथ को थामे
कभी पेशानी को चूमकर
जानती हूँ मैं···
एक हद तक मानती भी हूँ
अकेले नहीं जा सकते तुम
आत्म मिलन है ये मेरे लिए
रूह का बंधन
दो जिस्म एक प्राण
आकाश में समाहित
निःस्वार्थ प्रेम समर्पण

पर मैं बस ऐसी ही हूँ
एक पल में
तुम संग हर्षित···
तुम बिन शांत
कैसे खुद को धीर बँधाऊँ
क्या कहकर मन को समझाऊँ
बस इसलिए···
जब जब तुम कहते हो
"अकेला नहीं जा सकता··· ।"
मैं हृदय तक भर जाती हूँ
आँखों में चमक आ जाती है
तनिक-सी लजाकर खुद ही मुसकराती हूँ
मन-ही-मन महकना अच्छा लगता है
"मैं तुम्हारी हूँ···बस तुम्हारी।"
ये कहना और सोचना सच्चा लगता है।"

□

6

"ये क्या तरीका था, छाया ? सब लोग वहाँ तुम्हें पूछ रहे थे। ये किस तरह से व्यवहार करने लगी हो तुम ?"

आकृति चीख रही थी आकर। तभी उसके पापा और माँ भी वहाँ आ गए।

"ये किस तरह के लहजे में बात कर रही हो, आकृति ? बड़ी बहन है तुम्हारी। बहुत बदतमीज होती जा रही हो आजकल तुम।"

महेश ने आकृति को झिड़क दिया।

"पर आप उसे भी तो समझाइए, क्यों इस तरह से करती है ये हमेशा ? सब कितना कुछ कह रहे थे ? बड़ी हैं मुझसे तो कुछ भी कर सकती हैं ?"

फिर आकर्षणा की तरफ देखकर बोली—

"ये ठीक नहीं है, माँ।"

आकर्षणा ने जब समझाने की कोशिश की तो वह तुनक कर अंदर चली गई। महेश और आकर्षणा समझ नहीं पा रहे थे कि आखिर दोनों बेटियों को हो क्या गया है ? एक तो पहले ही छाया के सबसे न मिलने के कारण परेशान थे और दूसरा, अब इन दोनों बहनों में जो दूरी आ रही है। क्या करें, ये सोचना-समझना सब बेकार हो रहा था।

"तुम चाहती क्या हो, छाया ? क्यों हर वक्त सबका ध्यान अपनी ओर आकर्षित करने के लिए तुम बार-बार ऐसी हरकतें करती हो ? क्यों कोई कसर नहीं छोड़ती कि मेरी तरफ भी किसी का ध्यान चला जाए ? कब हटाओगी मुझ पर से अपना साया ? एक परछाईं बनकर रह गई हूँ मैं, बस।"

और फूट-फूटकर रो पड़ी आकृति छाया ने उसके पास जाने के लिए

कदम बढ़ाया, किंतु आकृति ने हाथ के इशारे से वहीं रोक दिया उसे—

"सहानुभूति नहीं चाहिए। बस, रहने दो।"

"पर मैंने कुछ भी तो नहीं···।"

"समझ नहीं आ रहा क्या मैं क्या कह रही हूँ? ऐसा करती हूँ, मैं ही चली जाती हूँ यहाँ से।"

"आकृति रुको। तुम्हें कहीं जाने की जरूरत नहीं। मैं कुछ नहीं बोलूँगी अब।"

"बेहतर रहेगा, आज के बाद मुझसे कभी बात करने की कोशिश भी मत करना। नफरत करती हूँ मैं तुमसे।"

इतना कहकर आकृति बाथरूम में चली गई।

छाया धड़ाम-से फर्श पर गिर गई और उसकी आँखों से भी अश्रुधाराएँ बह निकलीं। उसने कभी नहीं सोचा था कि उसकी सगी छोटी बहन उससे इतनी नफरत करेगी। उसे समझ ही नहीं आ रहा था कि उसकी गलती कहाँ थी?

ऐसे ही फर्श पर पड़े-पड़े ही उसे नींद आ गई। सुबह जब आँख खुली, तब उसे एहसास हुआ कि वो अभी तक फर्श पर ही थी। नजर घुमाई कमरे में तो देखा कि आकृति पलंग पर सो रही है। छाया उठी और अपने कपड़े लेकर बाथरूम की ओर चल दी। नहाकर निकली तो आईने में देखकर महसूस हुआ उसे कि आज उसकी आँखें सूजी हुई हैं। पर उसे अब इन सबसे कोई फर्क नहीं पड़ता था। सोचा, आकृति को उठा दे, पर फिर रात वाली बात याद आ गई तो नहीं उठाया और बाहर रसोईघर की तरफ आ गई।

"माँ, उठा दीजिए छोटी को। नहीं तो देर हो जाएगी उसे।"

"माँ, इन्हें कह दीजिए मेरी चिंता का दिखावा करने की कोई जरूरत नहीं है। मुझे अपना खयाल खुद रखना आता है, बिना किसी की सहानुभूति के।"

आकृति के ऐसा कहने पर छाया ने कोई प्रतिक्रिया नहीं की। बस, माँ के गले लगी और कॉलेज के लिए निकल गई।

आकृति का विद्यालय में यह आखिरी साल था। छाया के निकलने के बाद आकर्षणा ने आकृति को कहा—

"बहुत ज्यादा बोलने लगी हो तुम। अब लगाम लगा लो, वरना सही नहीं होगा।"

बिना कोई जवाब दिए अनसुना कर आकृति निकल गई वहाँ से।

"महेश, ये सही नहीं हो रहा है। समझाइए आप कुछ इस लड़की को। बहुत ज्यादा बदतमीज हो गई है। अब तो अनसुना करके निकल जाती है। देखा न आपने?"

"हमम्म! देख भी रहा हूँ और समझने की कोशिश भी कर रहा हूँ।"

दोनों बहुत परेशान थे अपनी बेटियों को लेकर। क्या करना चाहिए?

□

कॉलेज में आज ज्यादा कक्षाएँ नहीं थीं। पर, छाया का मन नहीं कर रहा था घर जाने को। अकेली बैठी थी लाइब्रेरी में। कॉलेज के ही कई साथियों ने पूछा उससे कि क्या बात हुई है, क्यों वह इतनी परेशान है, पर वो किसी से बात नहीं करती थी तो कोई जवाब नहीं दिया। ऐसे ही बैठे-बैठे सोच रही थी कि फोन की घंटी घनघना उठी। उसने अनसुना-सा कर दिया। फिर से जब फोन बजने लगा तो उसने बिना देखे ही 'साइलेंट मोड' पर कर दिया। वो किसी से बात करना नहीं चाहती थी। लगभग आधे घंटे के अंतराल में उसने देखा, मृगेश आ रहा है सामने से। उसे देखते ही छाया दौड़कर उसके गले लग गई और उसकी रुलाई फूट पड़ी। मृगेश पहले ही बहुत घबराया हुआ था और अब जो छाया का हाल देखा तो और भी ज्यादा घबरा गया।

"क्या हुआ, छाया? सब ठीक तो है? तुम क्यों इतना रो रही हो? सब ठीक तो है न?"

पर छाया बस रोए जा रही थी। मृगेश को कुछ समझ नहीं आ रहा था। उसकी आँखें भी नम हो गई। उसने पहले छाया को बैठाया, फिर पानी पिलाया।

"बताओगी मुझे? प्लीज!"

छाया ने आँसू भरी आँखें डबडबाईं और मृगेश की आँखों में देखा। फिर उसके आँसू पोंछते हुए बोली—

"क्या सच में, मैं बहुत बुरी हूँ क्या 'मृग'? सिर्फ नफरत करने लायक

ही हूँ क्या? या फिर शो पीस जैसी हूँ, जिसको देखकर सब खूबसूरती की तारीफ करते हैं, पर प्यार कोई नहीं करता। क्यों ऐसा है मृग? कहाँ गलत हूँ मैं कि मेरे अपनों के मन में मेरे लिए नफरत है? बताओ न मृग! जवाब दो न? क्यों इतनी बुरी हूँ मैं, क्यों?"

और फिर बुरी तरह रोने लगी छाया। मृगेश ने उसको अपने सीने से लगा लिया और उसके आँसुओं पोंछते हुए प्यार से उसके माथे को चूमा और गाड़ी की तरफ ले चला। अंदर बैठाकर उसे पानी दिया, फिर उसने घर की तरफ गाड़ी घुमा ली। जब रास्ते में थोड़ा शांत हुई छाया तो उसने गाड़ी की रफ्तार धीमी करके बातचीत शुरू की—

"छाया! मैं इंतजार कर रहा हूँ, सुनने का। कहो?"

"कुछ नहीं।"

"बोलो?"

"कुछ नहीं मृग।"

"बोलो, देर हो रही है पहले ही तुम्हें घर छोड़ने में।"

"कहा तो, कुछ नहीं। क्यों व्यर्थ परेशान हो रहे हो?"

"हो गया। अब बोलोगी?"

कहकर मृगेश ने सड़क के किनारे पर गाड़ी लगा दी और उसकी तरफ घूम कर बैठ गया। फिर उसका हाथ थामा और दूसरे हाथ से उसका चेहरा अपनी तरफ घुमाया। नजरें मिलीं तो आँखों में ही पूछा। छाया ने सबकुछ बता दिया और बिलख पड़ी। मृगेश भी हतप्रभ सा था सुनके। उसकी आँखों से भी एक बूँद ढुलकी। उसने छाया के आँसुओं को अच्छे से साफ किया, उसका चेहरा धुलवाया और उसे घर छोड़ा। छाया को अजीब लगा, जब उसने कुछ नहीं कहा।

"कहाँ लगाई इतनी देर, बेटा? बहुत फिक्र हो रही थी। सब ठीक तो है न? खाना लगा दूँ?"

"हाँ माँ, सब ठीक है। नहीं माँ! भूख नहीं। सिरदर्द है, थोड़ा सोऊँगी।"

"अच्छा, ठीक है। आराम कर ले। कहे तो चाय बना दूँ? आराम मिलेगा।"

"नहीं माँ।"

कहकर वो अंदर अपने कमरे में चली गई। उसने अपनी डायरी निकली और लिखा—

"चिंतन दर्शन जीवन सर्जन…रूह नजर पर छाई…

तू…माँ…

…सारे घर का शोर-शराबा…सूनापन तनहाई करती दूर…

तू…माँ…

खुद को खोकर उसने मुझमें…एक नया आकार लिया है…

धरती अंबर आग हवा जल…जैसी ही सच्चाई…

तू…माँ…

सारे रिश्ते-जेठ दुपहरी…गरम हवा आतिश अंगारे…झरना दरिया झील समंदर…भीनी-सी पुरवाई…

तू…माँ…

घर में झीने रिश्ते मैंने…लाखों बार उधड़ते देखे…

चुपके-चुपके कर देती थी…जाने कब तुरपाई…

तू…माँ…

तुझको क्या मैं करूँ कुछ अर्पण?

मेरा तो दर्पण…

तू…माँ…

फूल कहाँ से लाकर तुझे दूँ?

खुद एक 'कमल' तो है…

तू…माँ…!"

और फिर जाकर लेट गई और निद्रा की आगोश में चली गई।

जब लगातार फोन घनघनाए जा रहा था, तब उसकी नींद खुली। देखा, मृगेश की छब्बीस, पापा की चार कॉल थीं। आगे उसने अपने पापा को मिलाया। थोड़ी सामान्य-सी बात करके फिर मृगेश को मिलाया। उठाते ही बोला वो—

"शादी करोगी मुझसे?"

"क्या?"

"छाया! मैं तुम्हें बहुत प्यार करता हूँ। बेइंतहा इश्क है तुमसे। इतनी मोहब्बत है कि हर साल ये सोचकर इंतजार किया कि बस, अब इतना वक्त बचा है तुम्हें पूरी तरह अपनाने में। क्या तुम मुझसे शादी करोगी?"

छाया के मुँह से शब्द नहीं निकल पास रहे थे बस एक शब्द निकला—"पापा।"

"ठीक है। आता हूँ, फिर।"

और लाइन कट गई। छाया को कुछ समझ नहीं आ रहा था। वह फिर से निढाल सी पड़ गई। मृगेश क्या कह रहा था, ये अभी उसकी समझ से परे था। यही सब सोच-विचार करते वो नहाने चली गई, जिससे वो तरोताजा हुई और अच्छे से तैयार हो के नीचे गई, ताकि माँ-पापा को कुछ पता न चले।

□

7

"अरे! अचानक से ऐसा क्या हुआ कि तुरत-फुरत में बिना आगाह किए, एकदम से फैसला लिया ऐसे?"

छाया मृगेश को कह रही था, क्योंकि उसे समझ नहीं आ रहा था कुछ।

आखिर मृगेश ने अपनी चुप्पी तोड़ी—

"हमम्म! बिल्कुल सही सुना तुमने। मैं वाकई तुम से जल्द-से-जल्द शादी करना चाहता हूँ। अब और इंतजार मुझसे नहीं हो पा रहा। कहीं कुछ गलत हो गया हमसे तो सही नहीं होगा न? मैंने खुलके तुमसे इसीलिए कहा, क्योंकि अभी नहीं तो बाद में पर जब शादी होनी ही है हमारी, तो फिर अभी क्यों नहीं? हम दोनों ही बालिग हैं अब तो।"

इतना कहकर मृगेश चुप हो गया।

उसकी बात सुनकर छाया एकदम शांत हो गई। उसको समझ नहीं आ रहा था कि वह क्या बोले?

काफी सोच-विचार और बहस के बाद निष्कर्ष निकला कि बहुत सादगी से मंदिर में दोनों विवाह कर लेंगे। अब दोनों खुश थे। फोन की लाइन काटी और फिर छाया अपने कमरे में आ गई। उसको देखते ही आकृति चिढ़ जाती थी। वो मौका तलाश रही थी कि कब छाया सामने पड़े और वो बोले, पर छाया उसके सामने न आने की कसम खा चुकी थी। उन दोनों बहनों के बीच नफरत और दूरी ने जगह बना ली थी। पर छाया यह सोच के खुश थी कि अब आकृति को उसकी वजह से तकलीफ नहीं होगी। अब शायद वो खुश रह सके। कुछ सोचकर छाया बिना कुछ कहे कमरे से बाहर चली गई। छाया अब बाहर के कमरे में रहती और सोती थी। किसी को समझ नहीं आ रहा था, घर में उन दोनों बहनों के बीच की दूरी का कारण। दिन गुजर रहे थे···

□

8

आज 31 मई है। वो दिन, जो तय किया था मृगेश और छाया ने परिणय सूत्र में बँधने के लिए (मृगेश ने सोचा था)। चाहे कुछ हो, आज उसे छाया की माँग में अपने नाम का सिंदूर भरना ही है। उसने कॉलेज से छाया को लिया और सीधे मंदिर पहुँचा।

"क्या बात है? हम यहाँ क्यों आए हैं? आज तो ऐसा कुछ भी नहीं है खास और···?"

छाया की बात बीच में ही रह गई और मृगेश ने उसकी माँग में सिंदूर भर दिया। वो समझ ही नहीं पाई कुछ भी। मृगेश ने चुप्पी तोड़ी—

"छाया, हमने आज का दिन ही तो तय किया था हमारे एक होने के लिए। बस, वो पूरा करना था। बाकी तो कुछ साल बाद हो ही जाएँगे सबके सामने भी। अब आप मेरी अमानत हो, मैडम। अपना खयाल रखना हमारे लिए।"

कुछ नहीं बोली छाया। बस, उसने पैर छुए मृगेश के और जाकर कार में बैठ गई। मृगेश उसे फार्म हाउस में ले गया, जहाँ उन्होंने अपना पहला दिन साथ बिताया, पूरी तरह एक-दूसरे को सौंप कर। आज वो दो जिस्म एक जान हो चुके थे। उनके शारीरिक और आत्मिक मिलन का गवाह बस भगवान् और समय था। कुछ घंटों बाद दोनों उठे, अपने कपड़े सँभाले और नहा-धोकर फिर से पहले जैसा होकर चल दिए। उसके बाद नवविवाहित जोड़ा पहुँच चुका था अपने-अपने घर, जहाँ सबके लिए वो कुँवारे ही थे। उस रात बहुत बेचैन थी छाया और मृगेश भी करवटें बदल रहा था। बस, एक फोन का सहारा था दोनों को। सुबह उठने से लेकर रात तक हर बात, खाना-पीना, सबकुछ साथ

करते थे, यहाँ तक की वीडियो कॉल पर हर खुशी के पल साझा करते थे। साथ न रहकर भी साथ थे और जब भी मौका मिलता, एक पति-पत्नी की तरह एक-दूसरे में समा भी जाते थे। कुछ दिनों में छाया का बाहर पढ़ने जाने के लिए स्कॉलरशिप में चयन हो गया और वो 8 महीने के लिए चली गई। बेशक शरीर दूर थे, पर हर पल वो साथ थे। बीच-बीच में मृगेश उससे मिलने आ जाता था और दोनों बहुत प्यार से वक्त के हर लम्हे को जीते थे। ऐसे ही दो महीने बीत गए। छाया भी खुश रहने लगी थी। ऐसा लगता था उसे, जैसे मृग हमेशा उसके साथ है और दौरी में एक नया पन्ना लिखा गया—

"तुम ही तुम हो मेरे हर अल्फाज में
समझ नहीं आ रहा
कैसे बाँधूं तुम्हें शब्दों के लिबास में
आज जो बैठी तो खयाल आया
इक दिन मैं भी वफा की मिसाल कायम करूँगी
चाहे कितने भी तूफां आएँ दरमियां
मर जाऊँगी, पर ऐ जिंदगी
तुझसे जुदा न खुद को होने दूँगी
मैं भी बनाऊँगी अपनी दोस्ती का महल
एक दिन ऐसा···कि
झुक जाएगा वो ताज महल भी चाहे हो जैसा!
चाहा था मुक्कमल हो मेरी-तेरी कहानी
मैं लिख न सकी कुछ भी तेरे नाम से आगे"

लेकिन हर दिन एक जैसे नहीं होते, वैसे ही अचानक एक दिन उसे पता चला कि मृगेश शादी कर रहा है। वह बहुत घबरा गई और जल्द ही वो घर पहुँची। लेकिन वो तुरंत आई सीधे मृगेश के पास और उसका हाथ थाम के बोली—

"आप ठीक हो न मृग! ऐसे कौन सा गुनाह हो गया मुझसे, जो···अब मैं आपको छोड़कर कहीं नहीं जाऊँगी।"

"क्यों! खरीद लिया है क्या तुमने मुझे।" मृगेश ने चिढ़कर कहा।

"आप तो मेरे हैंडसम हो, मृग! और आपकी ये ब्यूटीफुल बीवी आपके साथ रहना चाहती है, बस।"

"हा··हा। पता है, आप ब्यूटीफुल हो मैडमजी, पर मैं इतना हैंडसम नहीं हूँ और मुझे आपके साथ रहने का बिल्कुल शौक नहीं है कि लोग आकर सहानुभूति जताएँ कि बेचारी इतनी खूबसूरत थी। कैसा पति मिल गया, और न ही मुझे ये शौक है कि लोग आकर कहें कि कमाल की किस्मत है तेरी लंगूर के हाथ एक हूर। नहीं जी, बहुत मेहरबानी आपने सोचा, पर मुझे आपकी दया या एहसान नहीं चाहिए। इसलिए बहुत शुक्रिया आपका मैडमजी, कि आप यहाँ आई।"

"ये कैसी बातें कर रहे हो आप? मैं बीवी हूँ आपकी।"

और ये कहकर छाया ने हाथ जोड़ लिये मृगेश के आगे। क्योंकि छाया हिल गई थी बुरी तरह कि क्या कह रहा है मृग? फिर शांत दिमाग से सोचा कि चाहे कुछ हो, वो साथ नहीं छोड़ने वाली। चाहे कितने ही ताने दे मृग। पति है उसका, कोई खेल थोड़े ही है? पर उस वक्त वो उसके हाथों को चूमकर वहाँ से बाहर आ गई। महेश, आकर्षणा और आकृति भी वहीं थे। आकृति बहुत खुश थी क्योंकि वो चाहती थी बहुत दुखी हो छाया और ऐसा हो भी गया।

अगले दिन फिर गई छाया वहाँ उसके लिए नाश्ता लेकर उसके कमरे में। वो लेटा था तो बोली—

"गुड मॉर्निंग, मृग! आज तो बड़े तरो-ताजा लग रहे हो। क्या बात है?"

उसने छेड़ना चाहा, पर मृग किसी और मूड में था।

"मैडमजी, आप क्यों आ जाती हैं रोज-रोज यहाँ पर? आपके हाथ जोड़ता हूँ प्लीज, मुझे जीने दीजिए, वरना मैं आत्महत्या कर लूँगा। मुझे आप जैसी सुंदर लड़की नहीं चाहिए। आप सजाने के लिए और संबंध बनाने के लिए ठीक हो। पर आपको घर लाकर मुझे सबको असुरक्षित नहीं करना। मैं शादी कर रहा हूँ, अपनी ही एक दोस्त से जो मुझे बहुत प्यार करती है। आपको मैं प्यार करता हूँ बहुत दिल से, पर आपको अपना नहीं सकता। माफ कीजिएगा,

पर आपकी सुंदरता अब बर्दाश्त नहीं होती।"

मृगेश ने छाया को बोल दिया था कि अगर वह चाहती है कि मृगेश खुश रहे तो कसम है दोबारा दखल न दे, उसके फैसले में। उसे नफरत है छाया की सुंदरता से। हाँ, वो उसे हमेशा प्यार करेगा, मिलता रहेगा, पहले की तरह ही रहेगा, पर बीवी का अधिकार नहीं दे सकता।

छाया को समझ नहीं आ रहा था कि उसके पति ने उसे क्यों छोड़ा? क्या गलती की थी उसने? ऐसा क्या गुनाह हुआ कि एक झटके में उसकी माँग का सिंदूर ही उससे खफा हो बैठा? कैसे उसकी हिम्मत हुई कि उसका सिंदूर किसी और की माँग में भर दिया? वो तो तन-मन से सिर्फ उसकी थी। कभी कुछ ऐसा नहीं किया कि सवाल किया जाए उससे, पर फिर क्यों उसके साथ इतना बड़ा धोखा हुआ? क्यों उसके साथ उसके शरीर के साथ खिलवाड़ किया गया और फिर छोड़ दिया? इतना स्वार्थी कैसे हो सकता है कोई? और विडंबना ये कि वो इज्जत से अपनी धर्मपत्नी के साथ घूमेगा, परिवार बनाएगा, बच्चे होंगे। और वो चाह कर भी नहीं कह सकती कि बीवी वो भी थी, उसकी भी माँग में सिंदूर भरा था। पर शायद मृगेश के लिए वो एक खिलौना मात्र थी, जिससे वो खेल सकता था, पर घर के लिए उसे नहीं लाना चाहा था। पर क्यों? क्या कारण था और अगर ऐसा था तो उसने ऐसा खेल क्यों रचा? क्या सिर्फ उसकी भावनाओं के साथ खिलवाड़ करने के लिए? अब उसे खुद अपनी सुंदरता से नफरत हो रही थी। पता नहीं, वो कुछ सोच नहीं पा रही थी। पर एक निर्णय उसने ले लिया था। उसने घर अपने पापा को फोन मिलाया।

"छाया! कैसी है मेरी बच्ची?"

"ठीक हूँ, पापा। आप बताइए आप सब कैसे हैं?"

"हम भी ठीक हैं।"

"पापा आपसे एक अनुमति सह सहमति चाहिए।"

"हाँ, बोलो बच्चा।"

"मेरे पास बाहर जॉब का ऑफर आया है। क्या मैं कर लूँ? रहने के लिए मकान उन्हीं की तरफ से होगा। तनख्वाह भी काफी अच्छी है।"

"अच्छी बात है यह तो बहुत। कौन से शहर में है?"

"बाजल में पापा!"

"ये कहाँ है?"

"स्विट्ज़रलैंड में है।"

"तुम्हारा दिमाग खराब हो गया है। इतनी दूर क्या जरूरत है जाने की? यहीं कुछ काम मिल जाएगा।"

"प्लीज, पापा। जाने दीजिए न।"

"अच्छा, एक बार घर तो होकर जाना।"

"कल आती हूँ मैं।"

बात करके छाया ने फोन रख दिया। अब वो ये सोच रही थी कि कैसे सामना कर पाएगी सब का, क्योंकि गलती या यूँ कहें कि जो गुनाह उससे हुआ था, उसकी माफी कैसे मिल पाएगी? वो भी बराबर की भागीदार थी उन लोगों के सामने उस जिद की, जिसकी वजह से उनके सम्मान को आहत किया गया। पर अब उसे खुद को और उन सबको सँभालना है। वो घर जाने की तैयारी करने लगी। सुबह वक्त से निकल गई थी, इसलिए दोपहर में पहुँच गई।

"माँ-पापा, मैं आ गई।" छाया ने अंदर आते हुए कहा।

"लो, आ गई मनहूसियत फिर से। मन नहीं भरा था क्या अभी और कसर बाकी है? वैसे एक बात कहूँ छायाजी? तुम जैसी लड़कियाँ न किसी की ख्वाहिश हो सकती हो हवस की पूर्ति के लिए, पर घर में भी ऐसे शोपीस रखे जाते हैं, जो आसानी से रखे जा सके। ज्यादा चमकदार चीजें जल्दी ही बिखरती हैं। तुम्हारी परछाईं को लड़की समझकर फिर लोग बात कर लें, पर तुम्हें देखकर वो पाने की ख्वाहिश कर सकते हैं, पर जब हासिल हो तो स्वीकार नहीं कर पाते; क्योंकि डरते हैं कि सबकी नजर उस पर ही रहेगी और वो जी नहीं पाएँगे। मैं बहुत ईर्ष्या करती थी, तुमसे पर आज तुम्हारी हालत और सुंदरता पर तरस आ रहा है मुझे।"

और तेज-तेज हँसने लगी। छाया के हाथ से सामान वहीं छूट गया। कोई शब्द नहीं निकाल पाई वो। बस, आँखों से आँसू झरने लगे। महेश और

आकर्षणा बाहर आ गए थे तब तक।

"अरे छाया! क्या हुआ बेटा? ऐसे रो क्यों रही हो?"

आकर्षणा ने घबराकर पूछा। महेश भी परेशान थे। उसे बैठाकर बोले—"बच्चा! क्या हुआ? ये क्या हाल बनाया है? ऐसे कैसे चलेगा?"

"पापा, अगर मेरी शक्ल सुंदर है तो इसमें मेरी क्या गलती है?" मैंने खुद से ज्यादा मृगेश को और फिर आकृति को प्यार किया है और आज यही दोनों मुझसे सबसे ज्यादा नफरत करते हैं, वो भी मेरी सुंदरता की वजह से। क्यों पापा?"

"नहीं बेटा! ऐसा कुछ नहीं है। तुम इतना मत सोचो।"

"जानती हूँ, पापा तभी तो ये फैसला किया है। बस, आप भरोसा रखिएगा।"

आकर्षणा ने भी समझाया, पर छाया जिद पर अड़ी थी तो आखिरकार उन्हें मानना ही पड़ा। छाया शाम को खाना खाने के बाद वापस रवाना हो गई। तीन दिन बाद उसे स्विट्ज़रलैंड के लिए निकलना था। वो सामान समेटने में जुट गई।

□

9

बेहद खूबसूरत देश था। सुना था कि धरती की जन्नत है, पर अब रहेगी वो वहाँ। ये सोचकर अचानक हँस पड़ी वो कि कैसा संजोग है, अब तो सबके लिए वैसे ही मुर्दा हूँ मैं, हालाँकि जन्नत के लायक नहीं थी इतने दिल दुखाकर। इतनी नफरत पाकर पर फिर भी यहाँ आ ही गई। इतने में ही घोषणा हुई कि जहाज उतरने वाला है, हवाई अड्डा आ गया है। तो उसने भी अपनी कुरसी की पेटी कस ली।

□

बहुत खूबसूरत था वाकई वहाँ का मौसम। उसने ज्युरिच से बाजल के लिए ट्रेन पकड़ी और अपने स्कूल की तरफ चल दी। वहाँ हमारे देश की तरह रिक्शा नहीं होते पर बसें बहुत वक्त से चलती हैं। पर क्योंकि ज्यादा दूरी नहीं थी, इसलिए उसने पैदल चलना ही ठीक समझा। इससे उसे रास्तों का ज्ञान भी हो जाएगा और प्राकृतिक सुंदरता को भी निहार लेगी वो। बहुत हँसती हुई चल रही थी कि अचानक एक छोटा बच्चा आकर उसके पास रुका और बोला (जर्मन भाषा में)—

"आप बहुत सुंदर हो! परी हो क्या?"

उसे जर्मन भाषा का ज्ञान था और बोलनी भी आती थी तो बस—"डंके" (शुक्रिया) बोलकर आगे बढ़ गई। मन उदास हो गया उसका कि यहाँ भी उसकी सुंदरता हावी न हो जाए, उसके काम पर। ऐसा सोचकर उसने स्कार्फ से अपना चेहरा ढक लिया।

स्कूल के अहाते में पहुँचकर उसने ऑफिस के बारे में पूछा और जरूरी

औपचारिकताएँ पूरी करके उसे उसका मकान जो अपार्टमेंट में था, वहाँ पहुँचा दिया गया। बेहद खूबसूरत और सुकून वाला माहौल था, एकदम शांत। उसने अपना सामान रखा और दरवाजा बंद कर औंधे मुँह पड़ गई पलंग पर, और सो गई।

जब उठी तो घड़ी देखी। शाम के सात बज रहे थे। सोचा, कब से सो रही हूँ और अभी खाना भी बनाना है और फिर खाना क्या बनाए, सोचने लगी। फिर अपना बैग उठाकर बाहर चल दी। सोचा कुछ ले आए 'कूप' पास में ही है। चाबी नहीं होती थी, वहाँ अंगूठे के निशान से ताला खुलता था या फिर कार्ड। चल दी थी वो अपने नए सफर पर। अब अकेले ही चलना है।

"कितनी खूबसूरत सब्जियाँ और फल हैं यहाँ? मृग कितने खुश होते देखकर? उन्हें बहुत पसंद आते।"

यकायक खयाल आया अंतस मन में और अनजाने में फोन पर हाथ चला गया। नंबर लगने ही वाला था कि हकीकत में लौटी। क्या करने जा रही थी वो? जब जानती है कि मना किया है उसने। नहीं, वो जबरदस्ती नहीं करना चाहती। अच्छे से समझ चुकी है, वो अब ये सच। पर एक सच वो जानती थी कि बेशक वो बिल्कुल अकेली है, पर हर पल मृग उसके साथ है उसके खयालों में, आत्मा में, रोम-रोम में। माना कि शादी करके मृग ने अपना घर बसा लिया है और उसके लिए वो जैसे मर चुकी है। किंतु कैसे भूले वो तमाम लम्हों को जो आज तक उसके जेहन में ज्यों-के-त्यों हैं? सब्जियाँ, फल और बाकी घर का राशन भी ले लिया। फिर वो घर पहुँची। सब्जी काटते हुए बस ऐसे ही एक कविता लिखने का मन किया तो डायरी निकल ली और लिखते हुए गुनगुनाने लगी—

"सोचा था पूछूँगी तुमसे
क्या समय व्यतीत करने को
कोई और बहाना नहीं बचा था
जो मुझे उपाय चुन लिया
और कुछ न मिला तो…

मेरी भावनाएँ ही दिखीं
खेलने को, वक्त गुजारने को
क्यों नहीं दिखा मेरा
वो बावरा मन तुम्हें
जो हर पल हर घड़ी
साथ लेकर तुम्हें
विचरण करता है
संपूर्ण आकाश में
जिसका प्यार समाहित है
संपूर्ण ब्रह्मांड में
कैसे नहीं देख पाए तुम
ये पनीली आँखें
जिनमें सिर्फ तुम ही हो
थमा दिया तुमने अपना हाथ
किसी और के हाथ में
कब भूल गए तुम कि
मैं थी सिर्फ तुम्हारे दिल में
जगह एक पल में बाँट दी तुमने
आगोश में चले गए किसी के
करके तहाँ वीरान मुझे
रंग भरने चले किसी और की
जिंदगी में
क्या इतना कच्चा रिश्ता था
या मन पे काबू झूठा था
एक काँच को बनाकर हीरा
खुद को क्यों कर बेच दिया
कैसे समझाऊँ बावरे मन को

अब भी तेरा है, जो पूरा
कर रहा है इंतजार
कि···एक दिन
मिलेगा जरूर इस बावरी को
वो भूला सा प्यार उस बावरे का
आएगा लौटकर फिर से वो
पर शायद···ख्वाब अधूरा-सा
वो···न पूरा-सा!"

और फिर जोर-जोर से रोने लगी। यहाँ उसे कोई सुनने वाला भी नहीं था और यहाँ वैसे भी साउंड्प्रूफ खिड़कियाँ होती थीं, जहाँ से बाहर आवाज नहीं जाती थी। घड़ी की टिक-टिक सुनाई देने लगी, जब वो शांत हुई। उठकर मुँह धोने गई।

"मुझे उसे अपनी यादों में ही कैद रखना होगा, पर कमजोरी नहीं बनने देना है।"

फिर सब्जी छौंक दी और आटा गूँधने लगी। फिर अपने नए टेडी बीयर को सामने बैठाया और उससे बात करने लगी।

"अच्छा सुनो! अब से न हम दोनों एक साथ रहेंगे और तुम्हारा नाम मृग है। ठीक है न?"

और खुश होकर गुनगुनाने लगी। नाचते हुए—

"नोथिंग्ज गोन्ना चेंज माई लव फॉर यू···"

खाना बहुत ही मजेदार लग रहा था। फिर उसने खाना खाकर अपनी रसोई साफ की और अपने लिए एक कॉफी लेकर बाहर बाल्कनी में आ गई। बहुत खूबसूरत शाम थी वहाँ की। रात के नौ बज रहे थे पर सूरज की रोशनी अभी तक थी। लोगों के सोने का समय हो गया था शायद क्योंकि सड़कें खाली दिख रही थीं। पर मौसम और जगह—दोनों इतने खूबसूरत थे कि किसी का भी मन लग जाता।

□

"ट्रिंगगगगगगगगगगगगगग! ट्रिंगगगगगगगगगगगगग!"

अलार्म जैसे ही बजा, तुरंत अपने बिस्तर से उठी लगभग कूदती हुई-सी और सीधे बाथरूम में घुस गई। अच्छे से नहा-धोकर तैयार हो गई और एक ग्लास दूध पीकर, अपने सारे जरूरी कागजात साथ रखकर निकल पड़ी, अपने नए सफर पर, अपने नए विद्यालय की ओर।

□

10

"आजकल समझ नहीं आ रहा कि क्यों बार-बार कमजोरी सी लगती है? अपने स्कूल में होती हूँ तो बच्चों को पढ़ाते, खेलते, सँभालते वक्त निकल जाता है, हालाँकि बीच-बीच में कमजोरी लगती है। समझ नहीं आ रहा क्या हो गया है मुझे? पहले तो ऐसा कभी हुआ नहीं। अभी तो यहाँ आए एक महीना भी नहीं हुआ पूरा!"

बहुत चिंतित थी छाया, क्योंकि यहाँ कोई था भी नहीं उसका और उसे समझ नहीं आ रहा था कि ये हो क्या रहा है? इसलिए आज वो डॉक्टर के पास आई थी चेक-अप करवाने। सारी जाँच करवा ली थी। अब बस, रिपोर्ट लेनी थी। उसे ही लेने वो आई थी आज। डॉक्टर ने उसे जो बताया तो ऐसा लगा उसे जैसे उसकी पूरी दुनिया ही उलट-पलट गई हो।

"अठारहवाँ हफ्ता चल रहा है आपकी प्रेग्नेंसी का।"

जब डॉक्टर ने ये शब्द कहे तो पहले तो वो परेशान हुई, जो स्वाभाविक है एक आम अकेली औरत के लिए। पर फिर एक मुसकराहट ने आकर उसके होंठों को ओढ़ लिया। बहुत खुश थी वो। उसे ऐसा लग रहा था जैसे जीने की एक वजह दे दी भगवान् ने उसे। अब वो अपना बहुत ज्यादा खयाल रखने लगी थी। उसे लगता था कि मृग का अंश उसे देकर भगवान् ने उसके प्यार को परिपूर्ण कर दिया है। वो खुद बेशक किसी और का हो चुका है, अपनी नई दुनिया बसा कर पर वो सिर्फ उसी की है और अब तो उसे उसका अंश मिल रहा है, जो मृग के साथ बना है। अब हर वक्त वो बहुत खुश रहती

थी, सकारात्मक सोच के साथ। हर बात का खयाल रखती थी। खाना-पीना, दवाएँ—सब वक्त पर लेती थी।

स्कूल में भी सभी की चहेती थी छाया। सभी बहुत प्यार करते थे और खयाल भी रखते थे। बच्चे भी दीवाने थे उसके। उसकी क्लास का मासिक परिणाम भी इस बार अच्छा आया था। आज उसकी तबीयत थोड़ी ठीक नहीं लग रही थी तो प्रधानाचार्या के पास गई—

"मैडम! क्या आज मैं जल्दी घर जा सकती हूँ, अगर आप इजाजत दें तो?"

"क्या बात है? सब ठीक तो है न?"

"जी, सब ठीक है। बस, जरा कुछ काम है।"

"ठीक है, पर ध्यान से पहुँचना घर।"

"जी, मैम।"

और छाया अपना सामान समेट के निकल पड़ी घर के लिए। रास्ते में उसने सोचा कि कुछ फल ले ले, खत्म हो रहे हैं। तो बस में से बीच में ही उतर गई। सामने ही कूप था। अंदर गई तो सबसे पहले पानी ढूँढ़ा, पर पहले खरीदना जरूरी था। उसने सबसे पहले एक पानी की बॉटल खरीदी और पानी पिया, पर कमजोरी जा ही नहीं रही थी। वो गिरने ही वाली थी कि दो मजबूत बाजुओं ने उसे थाम लिया। छाया बेसुध हो गई थी।

"आऽऽह पापा! क्या हो रहा है मुझे?"

छाया जब थोड़े से होश में आई तो उसे बहुत कमजोरी लगी। उसने आँखें खोलीं तो घबरा गई।

"ये किसका घर है? हैलो! कोई है यहाँ?"

"अरे! उठ गईं आप? अब कैसा लग रहा है? आपके लिए जूस लाया था, लीजिए।"

छाया डर गई। सहम के सीधे बैठ गई।

"हा...हा...हा...हा। डरो मत! आप थोड़ा चक्कर खा गई थीं कूप में तो मैं आपको यहाँ ले आया, क्योंकि आपके घर का पता मुझे मालूम नहीं था।

आप ये बताइए कि क्या अब आप ठीक महसूस कर रही हैं?"

"जी, शुक्रिया।" कहकर खड़ी हुई छाया तो अचानक लड़खड़ा गई तो फिर से उस व्यक्ति ने उसे सँभाला।

"जरा सँभाल के, मैम। माना संभलने के लिए लड़खड़ाना भी जरूरी है, पर बार-बार ठोकर न खाएँ वो समझदारी है।"

छाया ने कोई प्रतिक्रिया न करते हुए बस हाथ जोड़कर आभार प्रकट किया और अपना बैग और सामान उठाने लगी।

"मैं छोड़ देता हूँ आपको।"

छाया ने घूर कर देखा और फिर नजरें फेर लीं पर वो नहीं माना। आगे आकर उसके हाथ से बैग ले लिया। छाया ने वापस छीनना चाहा तो उसने कहा—

"चोरी करके भाग नहीं जाऊँगा मैं। बस आपको सही-सलामत आपके घर पहुँचाना चाहता हूँ। बस···!"

"पर मैं अपने आप पहुँच सकती हूँ। मुझे पता है कहाँ जाना है।"

"अच्छा ठीक है, पर एक बात मान लीजिए, एक बार डॉक्टर को दिखा देते हैं, फिर चली जाना।"

छाया ने उसे विस्मित नजरों से देख तो वो बोला—

"अरे, मैं अंदर डॉक्टर के पास नहीं जाऊँगा, तुम्हारे साथ पर चलना होगा तुम्हें।"

कब वो आप से तुम पर आ गया, उसे खुद पता नहीं चला। छाया ने कुछ नहीं कहा, क्योंकि अभी भी कमजोर महसूस कर रही थी, वो खुद को इसलिए चल दी उसके साथ, बैठ गई गाड़ी में। रास्ते में अचानक उसे जैसे कुछ याद आया बोली—

"आपका नाम जानना चाहूँगी।"

"प्रकाश!"

सुनकर मुसकरा दी छाया।

"मुझे भी बता दो।"

अजीब-सी शक्ल बनाकर कहा, प्रकाश ने जैसे पता नहीं कब से कुछ जानना चाहता हो और जवाब नहीं मिल पा रहा हो। हँसी आ गई छाया को—

"छाया।"

"क्या बात है? हमारे नाम तो एक-दूसरे को जोड़ते हैं, क्योंकि छाया हमेशा प्रकाश में ही दिखती है।"

कहकर वो भी हँसने लगा। फिर जब छाया का हँसना रुका तो बोला—

"हँसती हुई जीवंत लगती हो तुम···हँसा करो, अपने लिये।"

फिर गाड़ी किनारे पर खड़ी कर दी।

"चलें?"

छाया ने सिर हिलाकर स्वीकृति दी और अंदर अस्पताल में चल दी। डॉक्टर को दिखाने के बाद छाया ने प्रकाश का शुक्रिया अदा किया और अपने घर की ओर चल दी। प्रकाश भी अपने घर चल दिया। घर पहुँचकर छाया ने अपना सामान रखा और चाय बनाने रख दी। सोचा, कुछ खाकर दवा ले लेगी। बहुत खयाल रखना था उसे अपना। आखिर उसे अपनी जिंदगी जीने के लिए एक मकसद, एक कारण मिल रहा है। चाय का कप लेकर जब बैठी तो अचानक मृग की याद आ गई। सोचने लगी, कैसे कोई इतना स्वार्थी हो सकता है, जो सिर्फ अपनी जिंदगी सहूलियत से जीने के लालच में किसी की भी जिंदगी के साथ खिलवाड़ कर सकता है। झूठे वादे किए उससे, यहाँ तक कि इस्तेमाल किया झूठी शादी करके। पर उसने सिर्फ मृग से प्यार किया था और आज अपने बच्चे के आगमन की तैयारी कर रही है। फिर सोचा, जरा अपनी डायरी लिख ले, जिसे हर वक्त वो साथ रखती थी अपने फोल्डर में। देखा तो कहीं मिला ही नहीं उसे वो फोल्डर। घबरा गई कि क्या करे अब? पर फिर लंबी साँस ली कि नहीं यहीं कहीं होगा या स्कूल में रह गया होगा। बस, किसी के हाथ न लगे, क्योंकि वो नहीं चाहती थी कि किसी को भी उसकी जिंदगी के बारे में कुछ भी पता लगे। दिमाग भटकाने के लिए उसने गाने चला दिए। पुराने···

"किसलिए मैंने प्यार किया, दिल को यूँ ही बेकरार किया···।"

साथ में खुद भी गुनगुनाने लगी।

"ट्रिंग ट्रिंग, ट्रिंग ट्रिंग।"

"किसका फोन आ गया इस वक्त? इंडिया में तो आधी रात होगी इस वक्त।"

फिर उसने फोन अटेंड किया।

"हैलो!"

"हे या।"

"हे! कौन?"

"कमाल है बड़ी जल्दी भुला दिया आपने तो?"

"सॉरी! मैं समझ नहीं पा रही हूँ, क्या आप बताएँगे, कौन बोल रहे हैं?"

"ओफ्फो! डॉक्टर से याददाश्त का भी इलाज कराना था।"

छाया ने लाइन काट दी। उसे फिजूल में किसी से भी बात करना पसंद नहीं था। और ये अजीबोगरीब प्राणी, ऐवें ही कुछ भी कह रहा था।

"ट्रिंग ट्रिंग, ट्रिंग ट्रिंग।"

फिर से फोन घनघनाया।

"सीधे से कहिए, कौन बोल रहे हैं और क्या काम है?" बिना देखे ही सीधे फोन कान पर लगाकर, डाँट दिया।

"क्या हुआ बेटा? क्यों इतनी गुस्से में हो? सब ठीक तो है न?"

"हाँ पापा! सब ठीक है। बस, ऐसे ही लगा कि शायद कोई गलत नंबर बार-बार लग रहा है।"

"तो ब्लॉक कर दो, बच्चा। परेशान क्यों होना है?"

"जी, पापा।"

"और बता, क्या हाल हैं तेरे? अपना ध्यान तो ठीक से रख रही है न?"

"जी, पापा।"

"किसी भी चीज की जरूरत हो तो बता देना।"

"जी, पापा।"

"कुछ और भी कहना चाहती है तो बोल, बेटा?"

"आप सबकी बहुत याद आती है, पापा।"

"आ जाए क्या हम वहाँ कुछ दिन?"

"अभी नहीं पापा, पर मैं खुद ही बुला लूँगी आप दोनों को, कुछ महीनों में मेरे पास थोड़ा लंबे समय के लिए।"

"ठीक है बेटा, हम इंतजार करेंगे।"

"जी, पापा।"

"खयाल रखना, बच्चा। रखता हूँ।"

"जी, पापा। नमस्ते।"

बात करके रख दिया फोन। देखा, एक मैसेज आया है, उसी नंबर से जिससे कॉल आया था। उसने खोलकर पढ़ा तो पता चला कि प्रकाश का नंबर था। लिखा था उसका कोई फोल्डर रह गया है उसके घर। फोल्डर पर नंबर था इसलिए फोन किया। तो कहाँ देने आए वो? छाया को कुछ सूझा नहीं कि क्या करे, क्योंकि उसकी डायरी थी उसमें जिसमें उसकी आज तक की जिंदगी की दास्तां थी। इसलिए उसने उसे घर का ही पता दे दिया। कहा, अगर वो आकर दे सकता है तो वरना वो आ जाए लेने। प्रकाश ला रहे थे, उसका सामान उसी के यहाँ।

"आइए, अंदर आइए। बहुत-बहुत शुक्रिया आपका। आपको इतनी परेशानी हुई होगी, उम्मीद है, कोई काम न अटका हो मेरे कारण।"

"जी इत्मीनान रखिए। ऐसा कुछ नहीं है।"

"आप चाय लेंगे या कॉफी या ठंडा कुछ?"

"कुछ नहीं लूँगा। आप आराम से बैठिए। मैं बस ये आपकी अमानत आप तक पहुँचाने आया था।"

छाया ने मुसकराने का प्रयास किया, पर घबराहट उसके चेहरे पर दिख रही थी।

"आप मेरे आने से शायद थोड़ा विचलित हैं, पर घबराइए नहीं। मैं ज्यादा देर नहीं रुकूँगा। बस, ये सामान आपको देने आया था। बस, एक गिलास पानी पिला दीजिए।"

"जी, जरूर।"

"ठीक है, तो अब मैं चलता हूँ। अगर कभी भी किसी भी तरह से लगे कि मैं आपके काम आ सकता हूँ तो मेरा कार्ड रख लीजिए।"

फिर चलते हुए अचानक पलटा।

"और हाँ, एक बात और। आप मुसकराती हुई अच्छी लगती हैं। मुसकराया कीजिए, क्योंकि जिंदगी एक ही बार मिलती है। परेशान मत होइएगा, क्योंकि मैंने कोई छेड़छाड़ नहीं की आपके सामान के साथ। बस, ऊपर फोल्डर में ही आपका फोन नंबर और पता लिखा था, वो जरूर देखा।"

उसके जाने के बाद छाया ने एक लंबी साँस ली, जैसे कितनी बड़ी मुसीबत से बची हो। फिर अपनी डायरी निकाली, सब ठीक था। कुछ पन्ने ही बचे थे अब, फिर से सोचकर लिखने बैठ गई।

"जिस दीये से मैंने रोशनी की
उम्मीद की···
उसीने मुझे जला कर
खाक में मिल दिया
बहुत चाहती हूँ जाना दूर
पर मेरी ही राख से उसने
अपना चूल्हा जला लिया
खुश है वो बहुत अपनी
नई जिंदगी बसाकर
मेरे राख के ढेर पर अपनी
ख्वाहिशें सजाकर···
प्रेम किया था मुझसे कभी
एक साँस की तरह
साँस में था रूह में था
पहरेदार की तरह
और मैं···

आज अकेले रह गई यूँ
चाहकर भी अब नहीं बोल पाती मैं
जैसे सूरज का कत्ल चाँद ने कर दिया हो
ऐसे ही मेरा भी कत्ल हुआ था
बस, शरीर जिंदा रह गया था
तड़पने को, देखने को
कैसे वो भाग कर किसी और के पास
बसा रहा है नया···आशियाना
और मैं यहाँ···अपना एक नन्हा सा जहाँ
बसाने को तैयार··· !"

डायरी रखकर अपने सिरहाने को टिकाकर कुरसी पर आँखें बंद कर लीं। इतने में ही कुछ हलचल महसूस हुई उसे खुद के अंदर।

महसूस कर खुशी के आँसू आ गए। बोली—

"मृग! हमारे बच्चे ने घूमना शुरू कर दिया है। आप जैसा शैतान ही बनेगा। देखो तो, कैसे किक मार रहा है···पर आप जैसा धोखेबाज न हो, बस।"

फूटकर रो पड़ी छाया बुरी तरह और उसे सँभालने वाला कोई नहीं था। बस, वो खुद-ही-खुद के लिए थी। जब थोड़ा शांत हुई तो उठी और पानी पिया, फिर खुद के लिए दलिया बनाने लगी। उसे जरूरत थी पौष्टिक आहार की।

□

11

वक्त अपनी रफ्तार से आगे बढ़ रहा था। दिन, महीनों में बदल गए और मई माह की ठीक 31 तारीख को ही छाया को अस्पताल में पहुँचना पड़ा। अब किसी भी वक्त उसकी झोली में उसका सपना आ सकता था। दर्द बहुत हो रहे थे उसे। बस एक ही नाम लिये जा रही थी।

"मृग! मृग! मृग!"

और वो कहीं था ही नहीं कभी। बहुत जल्द छाया ने 'मृग्या' को जन्म दिया। बहुत खुश थी वो। आखिर एक कारण मिल गया था जीने के लिए उसे। क्योंकि जब उसके माँ-पापा को पता चला इसके बारे में तो उन्होंने उससे बात करनी छोड़ दी थी। बहुत आहत थे वो भी। इसलिए अब वो अकेली थी, पर बिल्कुल अकेली नहीं थी क्योंकि अपनी बच्ची के साथ थी।

"मैम, थोड़ा और दिन आराम कर लेतीं? अभी तो पंद्रह दिन ही हुए हैं, कमजोरी होगी।" मृग्या की 'आया माँ' ने कहा, जो उसने अपने पास रखी थी।

"मैं ठीक हूँ। तुम बस घर का ध्यान रखना।"

"चिंता मत कीजिए, मैं घर और मृग्या—दोनों का ध्यान रखूँगी, अच्छे से।"

"नहीं, नहीं। मृग्या को मेरे साथ ले जाऊँगी मैं।"

"आप कैसे सँभालेंगी बच्ची और काम—दोनों को?"

"मैं सँभाल लूँगी, तुम घर का ध्यान रखना। कुछ लाना हो तो बताना।"

"ठीक है, मैं आपको सब देखकर लिस्ट भेज दूँगी।"

और फिर वो टिफिन लगाने चली गई। छाया खुद मृग्या का सारा काम करती थी। वो उसे तैयार करने में लग गई। कैब आ गई थी, वो मृग्या के साथ

स्कूल के लिए निकल गई। बैठाकर पुरानी स्मृतियों में लौट गई, जहाँ फिर से सिर्फ मृग था, जिसने उसका भरपूर इस्तेमाल कर किसी और के साथ सफर शुरू कर दिया था। कैसे वो इतना बेवकूफ बन गई, क्यों वो नहीं समझ पाई उस आदमी को जिसने उसे सिर्फ और सिर्फ छला। उसके भरोसे का नाजायज फायदा उठाया, पर फिर भी उसके दिल से बद्दुआ नहीं निकलती; क्योंकि उसने सच्चे मन से, आत्मा से प्यार किया है और शुक्र है कि भगवान् ने उसकी झोली में एक फूल डाल दिया। बेशक मृग के लिए वो एक मन बहलाने की वस्तु थी, उसने विश्वास जीतकर उसके साथ विश्वासघात किया और ये बच्चा उसके लिए नाजायज पर छाया के लिए वो पवित्र प्यार की निशानी था।

"मैडम! आपका स्कूल आ गया।"

उसकी तंद्रा भंग हुई। वो सब सँभाल के उतरी और चल दी अपने स्कूल की ओर।

"अरे वाह! आज तो परी आई है हमारे यहाँ।"

स्कूल के सब लोगों ने मृग्या का स्वागत बहुत प्यार और मान से किया। नर्सरी में देखभाल हो जाती थी मृग्या की, और छाया भी उसके आस-पास रहती थी। थक जाती थी हालाँकि वो। आज सामान लेने जाना था उसे। सोचा, पहले लिख ले कुछ फिर निकलेगी। अभी मृग्या भी सो रही है। उसने अपनी डायरी उठाई।

"काश! आप मुझे समझ पाते मृग। काश, आपका प्यार सच में मेरे लिए होता तो हम आज एक बेहद खुशहाल और संपूर्ण परिवार होते। कैसे आप बदल गए और मैं समझ नहीं पाई। क्या दूरी आ जाने से राहें बदल जाया करती हैं? एहसास कम हो जाते है? पसंद हालात के हिसाब से होती हैं? पता नहीं खुद को समझा नहीं पा रही हूँ, पर इतना समझ रही हूँ कि सबकुछ आपने अपनी पसंद, सहूलियत और स्वार्थानुसार किया। कभी भी ऐसा नहीं था कि आपने मेरे कारण अपना कोई फैसला बदला हो या कोई···। पर क्यों करूँ मैं शिकायत आपसे जिसे कोई सरोकार ही नहीं। सिर्फ खुद की खुशी और जिंदगी आरामदायक चाहिए थी, जिसके लिए आपने किसी को बरबाद

किया, ये मायने नहीं रखता। पर आप खुश हो¨काफी है। मुझे बरबाद करके खुशी मिली¨काफी है। आखिर कोई तो बेहद संपूर्ण है। हम्म! अच्छा पता है, मृग! आज मृग्या को मैं अपने साथ स्कूल ले गई थी। सब बहुत प्यार कर रहे थे इसे। सब पूछ रहे थे इसके पापा के बारे में कि क्यों नहीं आए? क्या कहती उनसे कि नाजायज है हमारी बच्ची? नहीं मृग! आप चाहे कभी न सोचो मेरे बारे में पर मृग्या मेरी—'मृगछाया' की बेटी हैं और 'सिंगल मदर' होती है। मैं उसे दोनों का प्यार दूँगी। मेरी बच्ची को कभी कोई कमी नहीं होने दूँगी।"

फिर से फफक कर रो पढ़ी बुरी तरह छाया, पर आज वो अकेली नहीं थी खुद को सँभालने को। आज उसकी बेटी उसके साथ थी, जिसे सीने से लगाकर वो खुद को शांत कर रही थी, क्योंकि उसके साथ उसी बेटी भी रोने लगी थी।

"ओहो! आज तो बहुत देर हो गई उठने में?"

"रोजी! कहाँ हो तुम? यहाँ आओ जरा।"

"जी मैम! आपके लिए चाय बना रही थी।"

"हाँ वो तो ठीक है, पर आज देर हो गई उठने में मुझे और तुमने उठाया नहीं?"

"आज संडे है न, मैम। मुझे लगा, आप थोड़ा आराम कर लेतीं।"

"वो तो ठीक है, पर हमारी मृग्या मैम उठ जाएँगी तो कुछ नहीं होगा काम फिर हमसे। आप अकेले करते रहना।" कहकर छाया हँस दी।

"कोई बात नहीं, मैम! अच्छा लगता है, जब आप आराम करते हो¨ कभी-कभी।"

"अच्छा! सच में?"

ऐसा सुनकर और कहकर दोनों के हँसी के फव्वारे छूट पड़े। इतने में ही मृग्या की भी आवाज आई और वो भी हँसने की। छाया खुशी में सराबोर थी जैसे उस दिन।

"मैम! आज क्या बनाना है, बता दीजिए।"

"जो मन करे बना लो। सब खाती हूँ मैं। तुम्हें पता तो है?"

"फिर भी बता दीजिए न कुछ स्पेशल खाने का मन हो तो।"

"नहीं रोजी! आज तुम अपनी पसंद का बनाओ।"

"फिर भी मैम, अगर आप बता दो।"

"रोजी!···बना लो, जो मन करे।"

और वो मृग्या के साथ खेलने लगी। छुट्टी के दिन सुबह-सुबह वो यही करती थी और ये उसका सबसे पसंदीदा काम था। और आज तो जश्न था घर में, जिसे वो तीनों मिलकर मनाएँगे। जश्न मृग्या के आने का। आज पूरे दो साल की हो गई थी वो। और साथ ही उसकी शादी को तीन साल हो गए थे। वो दुल्हन की तरह तैयार हुई थी। पिछले साल से ऐसा ही कर रही थी वो। जबसे मृग्या हुई थी, वो मृग की एहसानमंद हो गई थी। क्योंकि चाहे बेशक उसने उसके साथ दगा की हो, पर आज मृग्या उसी का दिया उपहार है। इसी वजह से दो सालों से वो अपनी शादी की वर्षगाँठ भी मनाती है।

"आप तो बहुत ही खूबसूरत लग रही हो, मैम। ऐसे जैसे कोई अप्सरा उतर आई हो जमीं पर।"

"हम्म। अब चलें घूमने?"

"जी! चलिए।"

"मृग्या का सारा जरूरी सामान रख लिया न?"

"जी! रख लिया।"

"हम्म। ठीक···पानी उबाल लिया था न?"

"जी, मैम। उसके लिए खाना भी रख लिया है।"

"अरे वाह! देखा राजकुमारीजी? आपकी सारी जरूरतों का खयाल रखती हैं आपकी रोजी दीदी। अब आप भी जल्दी से अपने जूते पहन लीजिए, फिर चलें।"

"चलो, चलो माँपा, चलो जल्दी चलो।"

"अहा! चलो।"

कहकर उसकी बलाएँ ले लीं छाया ने। फिर तीनों निकल लिये। छाया ने अब एक गाड़ी ले ली थी। उसमें ही चल दिए तीनों। पहले स्टारबक्स पहुँचे··· कॉफी पीने।

मृग्या को बच्चों वाली चेयर पर उठाकर रोजी को उसके पास घोड़ा और कॉफी के लिए कह आई। फिर आकर उनके पास ही बैठ गई।

"हैलो मैम। कैसी हैं आप?"

छाया ने पलट कर देखा। समझ नहीं पाई तो फिर मृग्या के साथ खेलने लगी।

"हैलो जी! पहचाना नहीं? कमाल है, मुझे तो लगा था कि आपकी याददाश्त सही ही होगी, पर अपने तो निराश कर दिया। हाँ, वैसे काफी साल गुजर गए न?"

"आप कौन हैं?"

रोजी ने पूछा, क्योंकि उसे छाया थोड़ी विचलित लगी। वो व्यक्ति छाया की तरफ देखकर बोला।

"जिसमें तुम्हारी मैम की परछाईं दिखती है, मैं वो हूँ।"

"प्रकाश?"

छाया के मुँह से निकला।

"जी! बेशक, मैं प्रकाश। वैसे शुक्रिया, नाम याद रखा आपने।"

छाया कुछ बोली नहीं। बस, हौले-से मुसकरा दी।

"आज आप बेहद अलौकिक लग रही हैं, कुछ खास बात है क्या?"

"आज मृग्या का जन्मदिन है।"

फिर से रोजी ने जवाब दिया।

"अच्छा! मृग्या कौन?"

"मेरी बेटी···ये (इशारा करते हुए)···मृग्या—मेरी राजकुमारी।"

"ओऽऽऽ! सो ब्यूटीफुल शी इज। जस्ट लाइक हर मॉम।"

"नहीं, किसी की जैसी नहीं है। खुद का अस्तित्व है।"

चौक गया था प्रकाश कि ऐसा क्या हुआ होगा, जो छाया ने ऐसा अजीब सा जवाब दिया। उसने तो बस तारीफ ही की थी। फिर कुछ सोचकर बोला—

"बिल्कुल ठीक कहा आपने। ये खुद के जैसी बनेगी, 'यूनीक'।"

छाया मुसकरा दी फिर बोली—

"आप यहाँ कैसे? ये जगह क्या आपको भी पसंद है?"

"जी, मुझे कॉफी पीना बेहद पसंद है, ऐक्चुअली।"

"अच्छा! तो आपके लिए कॉफी लाती हूँ।"

"हम्म, लाइए मुझे 'यूरो' दीजिए। मैं ले आता हूँ।"

छाया ने आश्चर्य से देखा तो वो बोला—

"अब आप मुझे 'ट्रीट' दे रही हैं तो मैं मना नहीं करूँगा।"

हँसने लगी छाया भी। धीरे-धीरे वक्त निकल रहा था। शाम गहराने लगी थी। घर निकलने के लिए बस अड्डे पर खड़े थे।

"कैब बुला लीजिए। बच्ची के साथ सही रहेगी।"

"नहीं, मैं यकीन नहीं कर पाती। डर लगता है।"

"मैं चलता हूँ साथ छोड़ने। मुझ पर तो यकीन है न आपको?"

"जी, बहुत शुक्रिया। चलिए।"

"आ गया आपका घर।"

"आइए आप भी अंदर। ग्रीन टी पीकर जाइएगा।"

"जी जरूर! शुक्रिया।"

"वैसे एक बात कहूँ, छायाजी? आप गुस्सा तो नहीं होंगी?"

"जी, अगर गुस्सा होने लायक नहीं होगी तो नहीं होऊँगी। कहिए?"

"रहने दीजिए फिर कभी···सही वक्त आने पर पूछ लूँगा।"

रोजी चाय ले आई थी।

"आप शहद लेंगे या ऐसे ही?"

"बस, ऐसे ही। थैंक्स।"

छाया मुसकरा दी। प्रकाश उसकी मुसकराहट में थोड़ा खो-सा गया। ऐसा लगा, उसे मानो उसकी सपनों की ख्वाहिश उसके सामने मुसकरा रही है।

"प्रकाशजी। लीजिए, ठंडी हो जाएगी।"

अचानक वापस यथार्थ में लौटा प्रकाश। सोचने लगा, सच में ख्वाहिश ही तो है छाया। सिर्फ देख सकते हैं, बात कर सकते हैं, पर उसे पाना, छूना··· मुश्किल ही नहीं, नामुमकिन है। ऐसा जान गया था प्रकाश अब तक। इसी

ऊहा-पोह में कब उसकी चाय खत्म हो गई, पता ही नहीं चला उसे।

"अच्छा, तो अब मैं चलता हूँ छायाजी।"

"जी।" छाया ने बस इतना कहकर नमस्कार करने के लिए हाथ जोड़ लिये। प्रकाश भी मृग्या को शगुन और आशीर्वाद देकर बाहर निकलकर कैब का इंतजार कर रहा था। चुप खड़े थे दोनों कि अचानक छाया ने प्रकाश को संबोधित किया—

"प्रकाशजी?"

"जी छायाजी! कहिए?"

"आप मुझे छाया बुला सकते हैं।"

अचानक जैसे ही छाया ने ऐसा कहा तो चौक गया वो। समझ नहीं पाया क्या, कैसे, मतलब ऐसे कैसे अचानक?

कैब आ गई थी। उसने छाया को हाथ हिलाकर फिर अंदर जाने का इशारा किया और गाड़ी में बैठ गया।

रास्ते भर बस सोचता रहा कि छाया आखिर है क्या? एक पहेली सी, अबूझ, अनजान, अनसुलझी…

छाया अंदर अपने कमरे में गई और फिर से अपनी डायरी निकाली। मृग की याद आ गई थी और लिखने लगी—

प्रेम किया था मुझसे कभी
एक साँस की तरह
साँस में था रूह में था
पहरेदार की तरह
और मैं…
आज अकेले रह गई यूँ
आकाश भाग रहा था तेजी से दूर
मैं पीछे खिसकती जा रही थी
बहुत शक्ति थी कभी मुझमें
लेकिन अब वो अलौकिक आकाश

बहुत लालची हो गया था
पीछा किया बहुत मैंने उसका
क्या पता छू सकूँ, फिर से
पा लूँ उसे⋯किंतु
हारती जा रही थी
खूबसूरती पे, शिद्‌दत पे गर्व था
सब टूट रहा था⋯
लग रहा था कि सबसे बदसूरत
बस मैं ही हूँ, तभी
चला गाय वो दूर⋯बहुत दूर
भाग रहा है तेजी से
चमक रहा है वो खुशी से
वक्त थाम-सा गया है मेरे लिए
पर वो भाग रहा है तेजी से
हवा भी अब उसकी मरजी से चलती है
अब तो उसका चेहरा देखना भी
मुश्किल हो रहा है⋯
बादल मँडरा चुके हैं दरमियां
मेरी आहों की अब आवाज नहीं आती
सन्नाटा जो छाया है अब मुझमें
वो खुश है उसे खुशहाल देखकर
चाहकर भी अब नहीं बोल पाती मैं
जैसे सूरज का कत्ल चाँद ने कर दिया हो
ऐसे ही मेरा भी कत्ल हुआ था
बस, शरीर जिंदा रह गया था
तड़पने को, देखने को
कैसे वो भाग कर किसी और के पास

बसा रहा है नया···
कैसे सँभालूँ और समझूँ अब
कि लालची बहुत हो गया है
वो आकाश जो कभी अपनी छत्रच्छाया
में रखता था मुझे
अब भाग गया था वो किसी और को
सुरक्षित करने
मुझसे दूर···बहुत दूर
और मैं···अकेली खड़ी रह गई···!

□

12

"सुनो! बहुत दिन हो गए, एक बार छाया के पास चल के आएँ क्या?" महेश ने कहा तो आकर्षणा ने भी जवाब दिया—

"मन तो मेरा भी बहुत करता है, पर क्या करें, कोई कारण भी नहीं अब उसके पास जाने का?"

"अपनी बेटी से मिलने के लिए क्या हमें अब कारण खोजने होंगे, आकर्ष?"

"नहीं ईश! ऐसा कुछ नहीं है, पर फिर भी आप बेहतर समझते हो मैं क्या कहना चाहती हूँ?"

"हम्म्म! फिर भी सोच रहा हूँ, इस बार चलते हैं। आकृति भी अब अपने घर-संसार में रम चुकी है। तो ऐसी कोई जिम्मेदारी भी नहीं है।"

"हाँ ईश। लेकिन···"

"कोई लेकिन-वेकिन, किंतु-परंतु नहीं। मैंने सोच लिया है बस···कह दिया।"

आकर्षणा ने चुपचाप हामी भर दी। जानती थी, अब कोई उपाय नहीं है और न ही कोई फायदा है बहस करने का। आखिर दोनों बाप-बेटी एक से हैं···जो सोच लिया, बस सोच लिया। और फिर वो अपने कामों में लग गई। जानती थी कि कहा है अगर आज ईश ने तो जल्द ही जाएँगे भी। वो खुश भी थी काफी, पर किसी को बताना भी नहीं चाहती थी।

"आज जल्दी आ गए? सब ठीक तो है?"

"हाँ-हाँ! बेफिक्र रहो। बस, चलने की तैयारी करो बच्ची के पास। एक

साल का वीजा लग गया है। दो महीनों के लिए रुकना है, बाकी बाद में देख लेंगे। परसों सुबह की उड़ान है।"

"जी।"

बहुत खुश थे महेश और आकर्षणा—दोनों। ढेर सारी खरीदारी कर ली थी अपनी बेटी और नातिन के लिए। आखिर वो रवाना होकर पहुँच ही गए अपनी प्यारी बच्ची के पास।

हवाई अड्डे पर उतरकर और सामान लेकर सीधे स्कूल पहुँचे, क्योंकि उन्हें वही का पता मालूम था। वहाँ मालूम चला आज जल्दी निकल गई थी छाया, क्योंकि तबीयत थोड़ी नासाज थी। घबरा गए दोनों। घर का पता लेकर चल दिए, पर चिंता की लकीरें उभर आई उनके माथे पर।

"क्या हो गया होगा बच्ची को?"

आकर्षणा ने कहा तो महेश ने उसका हाथ थामा और बोला—

"थकान होगी। घर, बाहर, बच्ची—सब सँभालती है न?"

"ऐसा ही हो।"

हाथ जोड़ते हुए आकर्षणा ने बोला।

"योर डेस्टिनेशन सर!"

पहुँच गए थे, वो अपनी बेटी के घर। घंटी बजाई महेश ने।

"ट्रिंगगगगगग! ट्रिंगगगगगगगगग!"

रोजी ने आकर दरवाजा खोला। देखते ही बहुत खुश हो गई।

"आप लोग? आइए, आइए न।"

"तुम जानती हो हमें?"

"हाँ जी! आप दोनों के साथ ही तो रहते हैं हम।"

विस्मृत से देखने लगे दोनों उसे, समझ नहीं पा रहे थे।

"आइए न, अंदर आइए। आपका घर है ये।"

अंदर आकर उन्होंने देखा चारों ओर छाया की छवि नजर आ रही थी। हर एक चीज से पता चल रहा था कि उनकी बेटी रहती है यहाँ। इतना खूबसूरत, सादगी से पूर्ण घर। और ठीक सामने की दीवार पर उनके परिवार की फोटो

थी जिसमें महेश, आकर्षणा, छाया और आकृति थे।

"इसे सँभालिए आप!"

आकर्षणा के हाथों में रोजी ने बच्ची को थमा दिया।

"ये मृग्या! आपकी नातिन।"

"और छाया?"

"नहा रही हैं। बस, निकलने वाली होंगी।"

महेश ने मृग्या के सिर पर हाथ फेरा।

"बिल्कुल छाया जैसी है न ये? बेहद प्यारी।"

"हाँ आकर्ष, बिल्कुल उसी की जैसी। बस, किस्मत वैसी न हो।"

"कौन आया है, रोजी? किससे बात कर रही हो?"

बोलती हुई छाया बाहर आई तो उन दोनों को देखते ही उसके कदम जैसे जम ही गए। आवाज भी गले में ही अटक गई हो मानो।

"माँ! पापा! आप लोग··· ?"

और लिपट गई जाकर महेश से। दोनों रोए जा रहे थे और एक-दूसरे के आँसू पोंछे जा रहे थे।

"मुझसे नहीं मिलेगी, बेटा?"

आकर्षणा ने कहा तो छाया पलटकर एक छोटी बच्ची की तरह उसकी गोद में सिर रखकर फूट-फूटकर रो पड़ी। आकर्षणा उसका सिर सहलाए जा रही थी। रोजी भी रो पड़ी थी, पर सबकी आँखों में शायद खुशी के आँसू ज्यादा थे।

"मैं चाय बनाकर लाती हूँ।"

रोजी ने कहा तो आकर्षणा बोली—

"जब तक मैं यहाँ हूँ, तब तक तुम बाकी सब सँभालो, बेटा पर हाँ, मुझे रसोई सौंप दो।"

"आप ही की है, आंटी। आप हुक्म कीजिए, बस।" रोजी ने कहा तो आकर्षणा बोली—

"तो सबसे पहली बात कि आज से तुम मुझे 'आंटी' नहीं 'माँ' ही कहोगी

और एक बेटी की तरह मेरे साथ हाथ बँटाओगी। बहुत एहसान हैं तुम्हारे हम पर कि तुमने हमारे बच्चन का ऐसे खयाल रखा। आज से तुम हमारी बेटी ही हो।"

"तो बेटियाँ एहसान नहीं करती, माँ।"

"हा···हा···हा सही कहा। आओ, चाय पिलाते हैं सबको।"

"जी, मैं आपका रसोईघर से परिचय करा देती हूँ।"

और दोनों रसोईघर की तरफ चल दीं। छाया महेश के साथ बैठी थी। महेश की गोद में मृग्या थी। वो उसके साथ खेल रहा था और छाया से बात भी कर रहा था। बहुत समय बाद आज खुद को जीवित महसूस कर रही थी छाया। उसका मकान भी आज घर लग रहा था। उसने आज बहुत दिनों बाद लिखा—

आह···जिंदगी!
अब जाकर मिली हो
जब हम साहिल पे खड़े
तूफां से निकलकर
टूटे ख्वाब बटोर रहे थे
जब किनार कर हर ख्वाहिश से
खुद पर हम पाबंदी लगा चुके थे
आऽऽह···जिंदगी!
अब मिली हो तुम
जब रात की काली स्याही में
आकाश हम तलाश चुके थे
जब खून के पीकर घूँट
हँसना हम सीख चुके थे
अहा···जिंदगी!
अब जाकर मिली हो
जब हम तनहाइयों में
जीना सीख चुके थे
जब हम भीड़ में

अकेले चलना सीख चुके थे
आऽऽह…जिंदगी!
आखिर अब मिली हो तुम
जब बड़ी खामोशी से खुद को
कविताओं में उतर चुके थे हम

आहाऽऽऽऽऽऽऽऽऽ जिंदगी!
शुक्रिया कि आखिर मिल तो गई तुम
जब हम आखिरी साँसों में भी
टकटकी लगाए तेरा रस्ता देख रहे थे
आह से अहा जिंदगी का सफर
तुझसे बिछड़ के मिलने का ये सफर
अद्‌भुत पूर्णता का एहसास लिये
शून्य से संपूर्ण करती मुझे
अहा…जिंदगी!
शुक्रिया!

□

13

"रोजी बता रही थी, छाया किसी से ज्यादा मेलजोल नहीं बढ़ाती, पर एक व्यक्ति है, जिससे वो बात करती है। आपको नहीं लगता कि हमें उससे मिलना चाहिए?" आकर्षणा ने महेश को कहा।

"हम्म! लग तो मुझे भी ऐसा ही रहा है कि मिलना चाहिए। आखिर कोई तो अपना सा है यहाँ उसका। हमें मिलना चाहिए।"

"छाया को कहती हूँ आज।"

"हम्म! बात करो और आज रात के खाने पर बुला लो उसे।"

"ठीक है।"

छाया अपना सामान समेट रही थी। उसे स्कूल के लिए निकलना था। जब आकर्षणा उसके पास आई तो अचानक से पलटी और मुसकराकर बोली—

"क्या हुआ, माँ! बताइए, क्या काम है?"

"अच्छा, बिना काम के नहीं आती क्या मैं?" आकर्षणा ने हँसकर पूछा।

"ओह माँ! आप आती हैं, पर आप की ही बेटी हूँ। चाल से समझ आ जाता है, आप कुछ कहना चाहते हो।"

"हम्म! सही कह रही है। तेरे पापा और मैं चाहते हैं आज शाम को तू प्रकाश को खाने पर बुला ले। हम मिल भी लेंगे और तसल्ली भी हो जाएगी कि कोई तो है इस परदेस में जिसे तू जानती है।"

"पर क्यों, माँ? किसलिए बुलाना है?"

"अरे! ऐसा कुछ नहीं है, जैसा तू समझने की कोशिश कर रही है। अपनी अटकलें कम लगाया कर। बुला लेना, पापा ने कहा है।"

"ठीक है, माँ।"

"गुड।" कहकर आकर्षणा बाहर चली गई और छाया फिर से अपना सामान समेटने लगी और रवाना हो गई अपने स्कूल की ओर। जब से उसके माँ-पापा आए थे, तब से उसकी जिंदगी काफी बेहतर और संतुलित हो गई थी। मृग्या की भी चिंता नहीं रहती थी अब उसे। काश, हमेशा वो साथ ही रहते? इन्हीं सोच-विचारों के चलते स्कूल आ गया था। उसने सोचा, अंदर जाकर वक्त नहीं मिल पाएगा तो अभी ही कॉल कर ले प्रकाश को। सोचकर उसने फोन मिलाया।

"हैलो।"

"हे!"

"छाया, आप? व्हाट अ बेयोंड इमैजिनेशन बट प्लेजेंट सरप्राइज? कैसी हैं आप? आज कैसे याद किया?"

"मैंने नहीं, मेरे माँ-पापाजी ने याद किया है, प्रकाशजी।"

"क्या बात है? सब ठीक तो है?"

"हाँ! सब ठीक है। बस, आपको शाम के खाने पर बुलाया है। पहुँच जाइएगा समय पर।"

"कितने बजे पहुँचना है?"

"जब आप अपने काम से फारिग हो जाएँ, तब ही आ जाइएगा। घर ही आना है।"

"जी, जरूर-जरूर आ जाऊँगा। कहो तो आपको भी लेता चलूँ?"

"जी, बहुत शुक्रिया आपका।"

फोन पर ही प्रकाश के हँसने की आवाज आने लगी।

"मजाक सुनाया कोई मैंने?"

"नहीं-नहीं, कोई मजाक नहीं। मिलते हैं शाम को।"

"जी, जरूर।"

□

स्कूल के बाद जब घर पहुँची छाया, तो देखा अपने घर को। बड़ा नया-

सा, अलग लग रहा था। समझ गई, माँ ने ही किया है सब। फिर हँसने लगी सोचकर। प्रकाश ही तो आ रहा है, पर शायद पहली बार आ रह है न। और फिर अंदर जाकर हाथ-मुँह धोने लगी।

"माँ! क्या बात है ? आज कुछ ज्यादा ही चमका हुआ है सबकुछ ?"

"अच्छा।" आकर्षणा ने मुसकराकर कहा।

"चाय बनाऊँ ? पिएगी ?"

"हाँ माँ, अदरक, काली मिर्च वाली।"

और दोनों हँसने लगीं। महेश मृग्या को घुमा रहा था और बहुत खुश था अपनी छाया को हँसता देखकर। रोजी भी हँस रही थी उनके साथ। अचानक से दरवाजे की घंटी बजी।

"मैं देखती हूँ।" रोजी ने कहा।

"आइए-आइए, सब आप ही का इंतजार कर रहे थे।"

"माँ-पापा, दीदी···प्रकाशजी आ गए हैं।"

"आप बैठिए। मैं पानी लाती हूँ।"

कहकर अंदर चली गई रोजी।

"हैलो, प्रकाशजी।"

छाया ने कहा तो प्रकाश खड़ा हो गया। उसे विश्वास ही नहीं हो पा रहा था कि सच में वो उसके घर में है।

"हैलो, छायाजी। नमस्ते आंटी। नमस्ते अंकल।" कहकर उसने महेश और आकर्षणा के पर छुए।

"खुश रहो बेटा। खूब तरक्की करो।"

रोजी चाय ले आई थी। साथ में माँ के हाथ के बनाए कुछ व्यंजन। अच्छा लग रहा था छाया को भी। पर बस, माँ-पापा कुछ गलत न समझ लें।

"आप लोग बात कीजिए। मैं अभी आई।"

कहकर छाया अंदर आ गई।

"मैं भी जरा खाने की तैयारी करती हूँ। आप लोग बात कीजिए। या अंदर ही आ जाइए न, औपचारिकता क्यों ?"

कहकर आकर्षणा भी साथ ही आ गई।

"अच्छा छाया, बेटा, एक बात कहूँ?"

"जी माँ! कहिए।"

"तुझे परेशानी तो नहीं हो रही न प्रकाश को बुलाया तो?"

"नहीं माँ! आप लोग मिलना चाहते हो तो मैं क्यों परेशान होऊँगी?"

"अच्छा है अगर नहीं है तो।"

छाया मुसकरा दी। आकर्षणा ने फिर बात आगे बोली—

"हम जानते हैं, बेटा कि तू मृग्या के साथ ही बहुत खुश है और हम भी बहुत खुश हैं तुझे ऐसे देखकर। इसलिए ये मत लाना कि हमने प्रकाश को किसी और मकसद से बुलाया है। बस, जिसने हमारी बच्ची का खयाल रखा, जब जरूरत थी और उसकी खुशी को साझा किया...उससे मिलना चाहते थे, इसलिए खाने पर बुलाया। कुछ नहीं चाह रहे हम तुमसे। बेफिक्र रहना, बेटा। बस, खयाल रखना अपना। अभी जब एक महीने बाद हम चले जाएँगे, तब बहुत याद आएगी, पर क्या करें और कोई उपाय भी तो नहीं न।"

"माँ, आप भी न, भावुक कर देते हो।"

"यहीं रुक जाइए न? आगे बढ़ावा लेंगे तारीख। वीजा तो है ही न साल भर का।"

"अपने पापा से पूछ लेना, बेटा।"

"उनको भी तो अब कहाँ जाना होता है रिटायरमेंट के बाद और आकृति की भी शादी हो चुकी है तो फिर क्या दिक्कत है?"

"दिक्कत तो कुछ नहीं, पर वो ही बताएँगे।"

"माँ, एक बात पूछूँ?"

"हम्म!"

"छाया ने अपनी पसंद से शादी की है। खुश तो है न? आती है आपसे मिलने या अभी तक पापा नाराज हैं?"

"खाना लगा दूँ क्या बेटा? जरा पूछकर आ न?"

वहीं से ही तेज पुकारा छाया ने, "पापा आ जाइए आप लोग यहीं पर।"

फिर आवाज धीमी करके, टेढ़ी नजरों से आकर्षणा को देखते हुए बोली—"माँ का मन नहीं मुझसे बात करने का।"

आकर्षणा काम करती रही, पर मुसकरा पड़ी। अच्छा लगता था उसे जब छाया ऐसे बोलती थी। बिल्कुल एक छोटे से बच्चे की तरह, वरना तो उसने हँसना भी लगभग छोड़-सा दिया था।

□

"हाँ जी, मैडम। अब मिलेगा खाने को कुछ, क्योंकि अब चूहे मान नहीं रहे।"

"जी, लगा दिया है। आप लोग हाथ धो लीजिए।"

"प्रकाश, बेटा आपसे तो बात ही नहीं कर पाई मैं।"

"कहिए न, आंटी ? यहीं हूँ मैं। और आप प्लीज मुझे 'आप' मत कहिए, बेटे जैसा ही हूँ मैं आपके लिए।"

"बस, ऐसे कुछ खास नहीं कहना, शुक्रिया अदा करना चाहती थी, जिस तरह इस अनजान देश में तुम मेरी बच्ची को देख लेते हो, सँभाल लेते हो।"

"कैसी बात कर रहे हो आप, आंटी ? ये इतने लोगों को एक साथ हैंडल करती हैं कि मैं सोच भी नहीं सकता। आप इनकी तरफ से बेफिक्र रहिए। ये अकेली काफी हैं। हाँ, कभी-कभी गलती से मेरा भी दिन आ जाता है।"

कहकर हँसने लगा प्रकाश। छाया समझ नहीं पाई उसकी बात, पर महेश और आकर्षणा समझ रहे थे।

"एक बात और सीखी इनसे मैंने, अंकल। खुद पर यकीन करना और किसी के सहारे के बिना अपना वजूद कायम रखना। मेरी प्रेरणा हैं ये। अकेले कैसे खुश रहा जाता है बिना किसी उम्मीद और इच्छाओं के, इनको देखकर सीख रहा हूँ। क्योंकि मैं भी ऐसे ही जीना चाहता हूँ।"

"क्यों बेटा ? तुम्हें शादी नहीं करनी क्या ?"

आकर्षणा ने पूछा तो प्रकाश बहुत जोर से ठहाका लगाकर हँस दिया और फिर बोला—

"नहीं आंटी ! जरूरत नहीं लगती। जिससे प्यार किया वो मिलेगा नहीं

कभी, और किसी को अपनी जिंदगी में मैं शामिल होने देना नहीं चाहता। तो ऐसे ही बिंदास छायाजी की तरह आत्म विश्वास से भरपूर अपनी जिंदगी जीनी है, खुश रहकर।"

"तुम्हें किसने मना कर दिया? कौन है ऐसी बेवकूफ लड़की?" छाया ने कहा तो अजीब हैरत से देखा प्रकाश ने फिर बोला—

"है एक पर···कुछ और बातें करते हैं।"

फिर थोड़ा रुककर बोला—

"कोई आवाज नहीं आ रही। मृग्या सो गई क्या?"

और उसने बात की दिशा घुमा दी। फिर बाकी सबने भी दोबारा नहीं छेड़ी वो बात।

"अच्छा बेटा, करते क्या हो तुम?" महेश ने पूछा।

"मैं एक मल्टीनेशनल कंपनी में सी.ई.ओ. हूँ और एक लेखक भी।"

"वाह, क्या बात है। आप इतनी बड़ी हस्ती हैं, पता नहीं था और लगता भी नहीं!"

रोजी के मुँह से अनायास ही निकल गया। तो प्रकाश ने प्रश्नवाचक नजरों से देखा, जिस पर आकर्षणा ने कहा—

"इसके कहने का मतलब था कि आप इतने सभ्य और मिलनसार हैं। लगता नहीं देखकर कि आप इतने बड़े व्यक्तित्व हो, क्योंकि ऐसे ओहदे पर आकर अकसर लोगों में घमंड आ जाता है। भगवान् तुम्हें खूब तरक्की और खुशियाँ दे, बेटा।"

"आइसक्रीम खाती हैं आप, आंटी?"

अचानक से प्रकाश ने कहा शायद उसे अपनी तारीफ सुनना पसंद न हो। महेश ने छाया की तरफ देखा और बोला—

"बच्चा! एक काम करो। तुम दोनों जाकर ले आओ, हम मृग्या को देख लेंगे।" फिर थोड़ा रुककर बोला—"और हाँ, एक 'स्पार्क्लिंग वोटर बॉटल' ले आना।"

"जी, पापा।"

प्रकाश ने बड़े अचरज से देखा छाया को, जब वो चलने को तुरंत मान गई।

"आपने कभी बताया नहीं अपने काम के बारे में? मैं माफी चाहूँगी आपसे अपने व्यवहार के लिए, जो मैं करती आई हमेशा से, पर बस मैं नहीं चाहती थी कि मेरी जिंदगी में कोई भी व्यक्ति किसी भी रूप में आए। 'आई ऐम इक्स्ट्रीम्ली सॉरी, प्रकाशजी।'"

"बस, इसीलिए नहीं बताया था क्योंकि मेरी पहचान जानने के बाद आप जैसे व्यक्तित्व की स्वामिनी से मैं रू-ब-रू होने से वंचित रह जाता।"

"अच्छा।" और ठहाका लगाकर हँसने लगी छाया। प्रकाश बस उसे देखता ही रह गया। बेहद खूबसूरत लग रही थी उस वक्त वो, ऐसी मानो पूरी कायनात की खूबसूरती उसी में समायी हो।

"प्रकाशजी, आप मुझसे क्यों जान-पहचान करना चाहते थे?"

अचानक से छाया के प्रश्न पर प्रकाश का मोहभंग हुआ।

"क्योंकि आपका व्यक्तित्व बहुत गौरवमयी है। आपसे जान-पहचान होना ऐसा है जैसे किसी देवी के समक्ष खड़ा हूँ मैं। बहुत सकारात्मकता और आत्मविश्वास का अनुभव होता है, जब भी आपके बारे में सोचता हूँ या आपसे बात करता हूँ।"

छाया बड़े गौर से सुन रही थी।

"बस न, और कुछ तो नहीं?"

"बिल्कुल सच, छायाजी।"

"सहृदय धन्यवाद, क्योंकि कोई और उम्मीद रखिएगा भी नहीं कभी। अभी माँ-पापा आए हैं आप आ जाया कीजिए उनसे मिलने।"

"और जब वो चले जाएँगे, तब?" प्रकाश ने पूछा।

"तब भी आते रहिएगा।"

"सच में?"

"हाँ जी।"

"क्या बात है, छायाजी? बहुत शुक्रिया।" और फिर गुनगुनाते हुए

बोला—"इस नाचीज को अपने काबिल तो समझा।"

दोनों फिर हँसने लगे और चलते रहे।

"अच्छा गाते हैं आप।"

छाया ने कहा, फिर थोड़ा विराम लेकर बोली—

"अच्छा, एक बात कहूँ आपसे?"

"हाँ-हाँ, बेझिझक बोला करो आप।"

"जी, मैं ये कह रही थी कि आप जो सोचते हैं कि मैं कैसे और क्यों आपसे बात करती हूँ, बिल्कुल सही है; क्योंकि अगर आपकी जगह मैं होती तो मैं भी यही सोचती। और ये भी सच है कि आपकी जगह अगर कोई और होता तो शायद मैं कभी बात नहीं करती। पर आप और लोगों जैसे नहीं लगे मुझे। आपने कभी मेरी मजबूरी का फायदा उठाना नहीं चाहा और न ही कभी जबरदस्ती मेरी जिंदगी में घुसने की कोशिश की। शायद ये ही एक वजह है कि मैं आपसे बात कर रही हूँ और इस वक्त भी आपके साथ घूम रही हूँ। मैं ये भी नहीं कहूँगी कि आपको मैं दोस्त मानती हूँ और ये भी नहीं कह सकती कि आप मेरे शुभचिंतक हैं न ही ये कहूँगी कि कोई अनोखा रिश्ता है और न ये मानूँगी कि कुछ तो है, बल्कि ये कहना चाहूँगी कि शायद दर्द का रिश्ता है, जो आपको और मेरे विचारों को जोड़ता है, जिसमें किसी से कोई उम्मीद नहीं होती न ही डर होता है। बस, होता है तो एक भरोसा कि बिना किसी लालच और उम्मीद के हम किसी के लिए और कोई हमारे लिए आ सकता है। ये अनजान देश सही, पर एक सच्चा इनसान, उसका साथ भी हो तो सही रहता है। मैं नहीं जानना चाहती कि आपकी जिंदगी की अब तक की क्या कहानी है और न ही बताना चाहती अपनी जिंदगी के बारे में, क्योंकि मेरा मानना है कि जब सहूलियत होगी तो अपने आप ही साझा कर लेंगे बातों और दर्द को, पर एक बात जो सबसे सच है, वो बस इतना है कि आप हो जिससे मुझे डर नहीं लगता।"

प्रकाश बहुत शांत था, कुछ नहीं बोला, बस सुन रहा था। छाया ने फिर कहा—

"आप समझ रहे हैं न प्रकाश मैं जो कह रही हूँ?"

प्रकाश ने हामी में गरदन हिलाई। छाया मुसकरा दी।

"मृग्या आइसक्रीम खाती है या नहीं अभी भी?"

प्रकाश ने पूछा।

"आज तक खिलाई नहीं।"

"तो आज शुरुआत करें?"

"ठीक है, देखते हैं।"

और दोनों आइसक्रीम लेकर चहल-कदमी करते चल दिए छाया के घर पर। थोड़ी देर बाद प्रकाश चल दिया अपने घर की ओर। आज डायरी फिर से खुली छाया की—

"ये कैसे ढंग हैं जिंदगी के
बहुत ही अनोखे व अजीब से
पल-पल रंग बदलते किस्से
हिस्सा बनते बीतते जीवन का
क्या पाना, क्या खोना पलों में
सब धोखा न कुछ अपना सच में
खोजते रिश्ते सच्चे इस युग में
नकली चेहरों का दौर है, पर चलन में
न दोस्त मिलेगा, न कोई अपना यहाँ
बस, रकीब बनाकर मिलते सब मन में
पर अच्छा है, जो सबक दिया जिंदगी ने
तजुर्बा तो हुआ अब कैसा डरना अनमन में
सोचा न था कभी इतने तनहा भी पल आएँगे
बसाने वाले ही हमें उजाड़ कर चले जाएँगे
किस कदर टूट गए, अब ये क्या बताएँगे
यूँ लगता है कि छूने से बिखर जाएँगे।"

□

14

"माँ!"

"हाँ! बोलो बेटा।"

"आकृति खुश तो है न?"

"हम्म।"

"बताओ न, बात क्या है।"

"कुछ नहीं।"

"नहीं माँ, कुछ तो है। बताओ, क्या छिपा रहे हो आप दोनों मुझसे?"

"कहा न कुछ नहीं?"

"इतनी पराई कब से हो गई मैं माँ कि अब आप बातें छिपाने लगे?"

आकर्षणा ने अश्रुपूरित नेत्रों से छाया को देखा और बड़ी लाचार सी नजर आई वो। छाया परेशान हो गई।

"माँ, सब ठीक नहीं है क्या? बताओ, बात क्या है? आकृति अपने ससुराल में खुश नहीं है क्या? उसने तो अपनी मरजी से शादी की थी।"

"हाँ! की तो अपनी मरजी से ही थी।"

आकर्षणा ने कहा।

"फिर क्या बात है, और क्या परेशानी है, जिसकी वजह से आप इतने परेशान हो?"

"क्या बताऊँ बेटा? आकृति बहुत परेशान है आजकल।"

"क्यों, क्या हुआ उसे?"

"दो साल हो गए शादी को। उसके कोई बच्चा नहीं हुआ, जिसकी वजह से वो बहुत परेशान है।"

"अरे तो दो साल ही तो हुए हैं न, कौन सी उम्र निकल गई?"

"हाँ, हमने भी यही समझाया था कि उसे क्यों इतनी जल्दी चाहिए तो बोली अगर मुझे मेरे पति और परिवार को पाना है तो एक बच्चा जरूर होना चाहिए।"

"ये क्या बात हुई माँ? मतलब, ऐसे क्यों कहा उसने? उसने तो खुद की पसंद से की थी न शादी फिर पति और परिवार का प्यार···समझ नहीं आया। ठीक से समझाओ न, प्लीज।"

"कैसे बोलूँ, समझ नहीं आ रहा। तू क्यों जिद कर रही है, छोड़ न। उसकी दिक्कत है, अपने आप सुलटाएगी।"

"प्लीज माँ। बताओ न?"

"उसने अपनी मरजी से शादी की थी, लेकिन जिद में की थी। जिससे की है, उसे मजबूर किया था, फिर की थी। अब उसने कर तो ली, पर प्यार नहीं हासिल हो रहा उसे उसका, क्योंकि जबरदस्ती कैसे करे? हालाँकि उसका पति सारे फर्ज निभाता है, पर बस निभाता है, और भगवान् ने शायद ये सजा ही दी है उसे, कि उसके बच्चा नहीं ठहर पा रहा। कोई कारण भी समझ नहीं आ रहा। सब इलाज करा लिये पिछले एक साल में, पर कुछ समझ नहीं आ रहा। किसी में कोई कमी नहीं है फिर भी।"

"माँ! उसने किससे शादी की है?"

आकर्षणा खामोश रही, कोई उत्तर नहीं दिया।

"माँ!" आकर्षणा का हाथ थामा छाया ने। एकदम ठंडा हो रहा था। घबरा गई वो।

"माँ! बात क्या है?"

आकर्षणा खामोश थी।

"क्या···मृग···से··· ?"

आकर्षणा ने नजरें घुमा लीं और बोली।

"हाँ।"

छाया धमम्म से बैठ गई नीचे फर्श पर। ऐसा लगा उसे मानो उसके शरीर में जान ही न रही हो। उसका संसार ऐसे घूम गया जैसे वो फिर से वहीं आ गई, जहाँ से चली थी।

मृग, आकृति···दोनों वो जिन्हें उसने सबसे ज्यादा चाहा और माना था और उन दोनों ने ही उसके साथ क्या किया? मृग तो माना पराया था, पर आकृति तो उसकी अपनी थी। अगर ऐसा था तो उसने बताया क्यों नहीं? वो खुद ही उनके रास्ते से हट जाती। इतना सब ढोंग करने की क्या जरूरत थी? उसे आज पहली बार नफरत हो रही थी मृग से।

"मृग की कोई गलती नहीं है, बेटा। उसे गलत मत समझना। आज तक वैसे ही तूने उसे बहुत कुछ सहा है और उसे बुरा-भला कहा है।"

"क्यों न समझू गलत, माँ? मेरी जिंदगी बरबाद की ठीक है, पर मेरी बहन की भी। हा···हा···हा···हा···और आपके सामने नीरीह प्राणी बनकर बेचारा बनकर ऐश कर रहा है। एक तरफ आकृति को दुखी रखता है प्यार न देकर और दूसरी तरफ उससे संबंध भी···नहीं माँ, मैं अब उसे जिंदगी में माफ नहीं करूँगी, नफरत हो रही है मुझे उससे। इतना दोगले चरित्र वाला व्यक्ति आज तक मैंने नहीं देखा।"

"नहीं बेटा! तू गलत समझ रही है। तुझसे सच्चाई नहीं पता।"

"बस माँ, बस। मत उसका पक्ष लो। आप लोग बेवकूफ बन सकते हो, पर मैं उस ढोंगी को अब समझ चुकी हूँ। आकृति ने अपने बचपने में बेवकूफ बनकर या होकर जो चाहे किया हो, पर हम किसी से भी जबरदस्ती कुछ नहीं करा सकते, माँ। कम-से-कम शादी तो नहीं और अगर की तो फिर ये कौन सी बात है कि प्यार नहीं कर सकता, पर शारीरिक उपयोग कर सकता हूँ! हा···हा···हा···हा···बस माँ, बस।"

और बहुत दिनों बाद फूट-फूटकर रो पड़ी थी छाया। आकर्षणा ने उसे गले लगा रखा था। उसकी भी अश्रुधाराएँ बह रही थीं। बहुत कोशिश की उसने

समझने-समझाने की, पर सब व्यर्थ था। कुछ देर बाद जब छाया थोड़ी शांत हुई तो आकर्षणा ने उसके लिए अदरक-तुलसी की चाय बनाई।

"माँ!···बात हो सकती है क्या मेरी आकृति से?"

"हाँ, बेटा! कोशिश करती हूँ।"

"जी।"और फिर छाया अपने काम में लग गई।

□

15

"ट्रिंग! ट्रिंग!"

"हैलो!"

"कैसी है, छोटी?"

"माँ, आप ही हो न?"

"हाँ छोटी, मैं ही हूँ।"

"आज इतने समय बाद कैसे याद आ गई, माँ?"

"भूली ही कब थी मैं? बस, खफा थी।"

"मुझसे तो वैसे ही तकदीर खफा है।"

"गलती भी तो तूने ही की थी न, तो फिर परिणाम से क्यों शिकायत है?"

"हाँ माँ, सही कह रही हो आप भी। कहाँ हो आजकल? बाहर का नंबर है ये तो।"

"हाँ, स्विट्जरलैंड में हैं हम लोग।"

"दी के पास हो क्या माँ।"

"हाँ, उसी के साथ हैं!"

"कैसी हैं वो? क्या कर रही हैं आजकल?"

"ठीक है वो बिल्कुल, स्कूल में पढ़ाती है।"

"अकेली ही हैं क्या आज भी दी?"

"और क्या उपाय था उसके पास?"

"कोई तो होगा उनका भी वहाँ? क्या दोस्ती भी नहीं की उन्होंने किसी से?"

"वो छाया है छोटी। मुझसे बेहतर तू जानती है उसे। वो आगे नहीं बढ़

पाई। बस, अपनी बेटी के साथ खुश है और इज्जत की जिंदगी जी रही है।"

"बेटी! दी की बेटी···मतलब?"

"मतलब छाया की बेटी।"

"गोद ली है क्या?"

"नहीं, जन्म दिया है।"

"मतलब! पिता का क्या नाम है बच्ची के?"

"बच्ची का नाम 'मृग्या' है।"

"मृग···या!"

"माँ, जो मैं समझ रही हूँ वो सही है क्या?"

"खुद ही पूछ लेना, वो भी तुझसे बात करना चाहती है।"

"कराओ न माँ, शायद मेरा थोड़ा पाप नष्ट हो।"

"अभी स्कूल से आएगी न, तब कराती हूँ।"

"ठीक है माँ, मैं इंतजार करूँगी।"

"ठीक है, रखती हूँ।"

"नमस्ते माँ, पापा को भी।"

"हम्म! खुश रह।"

कहकर आकर्षणा ने फोन रख दिया। आकृति बहुत खुश थी, जब से पता लगा था कि माँ छाया दी के पास है। कब से चाह रही थी, वो कि उससे बात हो, क्योंकि वो माफी माँगना चाहती थी अपनी बेवकूफियों के लिए। इन दो सालों में उसे एहसास हुआ था कि उसने क्या खोया है। छाया की अच्छाई और प्यार उसके प्रति उसे बाद में समझ आया, पर तब तक देर हो गई थी। शुक्र है, उसे मौका मिला है छाया से माफी माँगने का। अपनी जलन की वजह से पहले ही बहुत कुछ खो चुकी थी वो। बस, अब सब ठीक हो जाए। छाया दी उसे माफ कर दे बस···।

बहुत प्रफुल्लित थी वो उस दिन। मृग ने पूछा उससे—

"क्या बात है कृति? आज मिजाज जरा बदले से हैं मैडम के?"

"हाँ मृगेश, आज वाकई बहुत खुश हूँ। बरसों पुराने किए कृत्य की सजा

आज तक भुगत रही हूँ और भगवान् ने आज प्रायश्चित्त का मौका दिया है मुझे।"

"मतलब? मैं समझा नहीं?"

"छोड़ो न। आप बस कॉफी पिओ।"

कहकर उसके गालों को चूमकर जाने लगी तो मृगेश ने अचानक उसे अपने आलिंगन में ले लिया।

"रिटर्न भी तो करना होता है न?"

कहकर उसके होंठों को चूम लिया। आकृति शरमा-सी गई और इतने में ही फोन की घंटी बजी। तुरंत पलंग से नीचे कूदी आकृति।

"अरे, सँभाल कर। कमाल करती है ये लड़की भी कभी-कभी।"

मृगेश बोला और आकृति ने झट-से फोन उठाया—

"हैलो।"

"हैलो⋯।"

दो सेकंड के लिए आकृति की साँसें थम सी गईं।

"आकृति!"

"जी, मैं ही हूँ। आप कैसी हो?"

"अब बिल्कुल ठीक।"

"सॉरी⋯!"

"चुप, ऐसी फिजूल बात कोई नहीं करनी। बहनें हैं हम, ये सब फॉर्मेलिटीज नहीं। ठीक?"

"आई लव यू दी।"

"आई लव यू मोर, रुला दिया यार। और बता, कैसी है?"

"मैं अब बिल्कुल ठीक महसूस कर रही हूँ दी।"

मृगेश के कान खड़े हुए 'दी' शब्द सुनकर।

"आप यहाँ कब आओगी?"

"जब तू कहे, पर क्या तू आ सकती है मेरे पास, सिर्फ तू?"

"कोशिश करूँगी दी, पर मैं आपकी तरह 'इंडिपेंडेंट' नहीं तो क्या पता आ पाऊँ या नहीं?" आकृति उदास होकर बोली।

"नहीं आकृति, बस अब बहुत हो गई उदासीनता। आती हूँ मैं।"

"सच दी, आप आ रहे हो?"

"हाँ आ रही हूँ, पर तू पहले कि तरह 'छाया' ही बोल मुझे। ज्यादा अपना लगता है। मैं आज भी तेरी वही बहन हूँ और अब जाकर जब तू मुझे पूरी तरह मिली है तो अब नहीं खोना किसी तरह।"

"जी दी, 'आई मीन' छाया। आजा जल्दी। मैं इंतजार कर रही हूँ।"

मृगेश एकदम से उठा और उसके पास आकर बोला—

"छाया का फोन है क्या? मुझे दो।"

पर लाइन काट चुकी थी छाया। उसके मन में अब सिर्फ नफरत थी मृगेश के लिए। वो कोई बात नहीं करना चाहती थी उससे, आवाज तक नहीं सुनना चाहती थी।

"कृति! छाया का फोन था न? क्या कह रही थी, कैसी है वो? आ रही है क्या यहाँ, उसने मुझसे बात क्यों नहीं की? कुछ तो बोलो न, कहाँ है वो?"

"वो आपसे कोई बात नहीं करना चाहती, मृगेश।"

"पर क्यों? सिर्फ क्या अकेला मैं ही गुनहगार हूँ? जो कुछ हुआ, तुमने किया। तुमने मरने की धमकी देकर, अपना हाथ काटकर, जहर पीकर मरने की कोशिश की और धमकी दी और मुझे छाया का वास्ता देकर मजबूर किया। और आज तुमसे वो रिश्ता रखने को तैयार है और मुझसे उसे इतनी बेरुखी, क्यों कृति, क्यों?"

"मुझे नहीं पता, पर बस इतना पता है कि छाया से मैंने इतना द्वेष रखा, हर मामले में उसे कोसा, हर तरह की बद्दुआ दी, पर आज वो मुझसे ऐसे बात कर रही थी मानो कुछ हुआ ही न हो। वो मुझसे इतना प्यार करती है और मैंने उसे कितना बरबाद किया। अब सारे गिले-शिकवे सब दूर करने हैं। मैं खाना बनाती हूँ अब।" अचानक जाते-जाते रुकी आकृति।

"और हाँ, एक बात और बतानी थी आपको। छाया की एक बेटी भी है···मृग्या!"

और फिर चलते हुए बोली—

"मुबारक हो, पापाजी।"

स्तब्ध रह गया मृगेश ये सुनकर। उसे कुछ समझ नहीं आ रहा था कि खुश हो या रोए? परेशान हो या संतुष्ट? मातम मनाए या खुशियाँ? अजीब पशोपेश में था। इतनी हिम्मत नहीं हो रही थी उसकी कि छाया को फोन करे। वो उसके आने का इंतजार करेगा। आखिर कब तक नहीं मानेगी वो? उसे भरोसा था, अपने प्यार पर की छाया को मना लेगा। बहुत खुश भी था आज कि वो पापा है एक बच्ची का। बहुत मन कर रहा था कि अपनी बेटी को देखे जाकर। कितना प्यारा नाम है···मृग्या!

बाहर जाकर आकृति ने ग्रिजेश और मृगांका को बताया छाया के बारे में, तो वो लोग भी बड़े खुश हुए, हालाँकि उसने मृग्या के बारे में नहीं बताया था उनको। आकृति इतनी खुश थी कि आज उसके हाथ के बनाए खाने में भी बहुत स्वाद था। आज सालों बाद उस घर में हँसी की आवाजें आ रही थीं। खाना खाने के बाद सब बाहर वॉक पर चल दिए और मृगेश आकृति से सब पूछने लगा। आकृति को भी आज उसका पूछना बुरा नहीं लग रहा था और न ही ये कि उसके एक बेटी भी है, क्योंकि मृगेश ने बताया था उसे कि छाया से उसके संबंध थे। पर बस, एक कसक-सी उठ रही थी आकृति के मन में कि जब मृगेश ने उसके शरीर को अपना लिया तो उसे क्यों नहीं प्यार करते? माना छाया को उसी की वजह से छोड़ा था, पर अब जब वो है उनकी धर्मपत्नी तो सिर्फ शरीर से ही क्यों हक दिया है, जब कि आकृति भी उन्हीं की है अब, पूरे तन-मन से। कोई बात नहीं वो इंतजार करेगी। और अगर छाया मान गई तो वो इन दोनों को मिलवा देगी और इनका परिवार पूरा हो जाएगा। यही सब सोच-विचार चल रहा था दोनों के मन में। पर अब सब छाया पर निर्भर करता था। □

16

"पापा! मुझे इंडिया जाना है तो आप यहाँ पर सब देख लेना। माँ, मैं मृग्या को लेकर जा रही हूँ। आप रोजी के साथ घर और बाहर का देख लेना। कोई काम हो तो प्रकाश को बुला लेना। मैं बस दो दिन में वापस आ जाऊँगी।"

"सोच-समझकर जा रही है, न बेटा? देख, जो भी करना, बहुत सोच-समझकर करना। भावावेश में कुछ फैसला नहीं लेना।"

आकर्षणा ने कहा तो महेश ने जवाब दिया—

"चिंता मत करो, आकर्ष! हमारी बच्ची बहुत समझदार है। वो ऐसा कोई निर्णय नहीं लेगी जो सही न हो। निश्चिंत होकर बस आशीर्वाद दो।"

"जी। इन दोनों बहनों का प्यार यूँ ही बना रहे।"

"ध्यान से जाकर आना, बेटा।"

"जी, बस गई और आई। तब तक आप स्विट्जरलैंड की सैर करो।"

□

फिर छाया ने बाहर आकर प्रकाश को फोन मिलाया—

"प्रकाश, मैं बोल रही हूँ छाया।"

"बताने की जरूरत नहीं है आपको, छायाजी। कहिए, कैसे याद किया?"

"काम सौंपना है एक आपको। किसी और को नहीं कह सकती।"

"जी, माई प्लेजर! कहिए?"

"आप मुझे 'बहनोफ' (रेलवे स्टेशन) पर मिलेंगे, अभी?"

"जी, बस बीस मिनट में पहुँचता हूँ।"

"जी, मैं इंतजार कर रही हूँ।"

कहकर छाया ने फोन रखा और पैदल ही चल दी बहनोफ की तरफ। बहुत कुछ सोच लिया था उसने। एक ऐसा निर्णय लिया था, जो काफी मुश्किल था, पर शायद बहुत जरूरी था। वो कब पहुँच गई, पता ही नहीं चला। थोड़ी देर में ही प्रकाश भी आ गया।

"छायाजी, कहिए क्या बात है? सब खैरियत तो है?।"

"जी प्रकाश, सब ठीक है। बस, कुछ काम था आपसे।"

"कहिए न प्लीज?"

"आप इतना फॉर्मेलिटी में न बोला करिए प्लीज। अन्कम्फ्टर्बल हो जाता है।"

"ओके, कोशिश करूँगा। क्या बात है, कहिए?"

"पहली बात तो ये है कि जैसा कि अब मैं जानती हूँ कि आपकी पहुँच बहुत ऊँची है तो क्या आप मेरे माँ-पापा का वीजा यहाँ एक साथ ही रहने का करा सकते हैं? मतलब, जब तक मैं यहाँ हूँ, क्योंकि उनकी बेटी हूँ और वो दोनों रिटायर्ड हैं अब तो बच्ची के साथ रहने का···ऐसा कुछ होता हो तो?"

"हो जाएगा। और बताओ?"

"बहुत-बहुत शुक्रिया।"

"अब आप फॉर्मेलिटीज करके मुझे अन्कम्फ्टर्बल फील करा रही हैं।"

"हा···हा···हा···! अच्छा जी, मेरी बिल्ली मुझको म्याऊँ?"

दोनों हँस पड़े। फिर चुप होने के बाद छाया ने फिर कहा—

"दूसरी और बहुत अहम् बात, प्रकाश।"

"बोलो?"

"मैं दो दिन के लिए, या हो सकता है थोड़े दो या चार दिन ऊपर-नीचे हो जाएँ···इंडिया जा रही हूँ तो क्या आप मेरे माँ-पापा का खयाल रखेंगे, प्लीज?"

"अरे, ये क्या कहने की बात ही बिल्कुल रखूँगा, घुमाऊँगा उन्हें क्योंकि आपने तो कुछ नहीं दिखाया होगा। पर ऐसे अचानक आप जा रही हैं। सब सही है न?"

"बेशक, बिंदास, बेझिझक अंदाज है मेरा। ये बात आप जानते हैं तो बस सोच लीजिए।"

"अच्छा, ठीक है। आप बेफिक्र होकर जाकर आइए। माँ-पापा को मैं अच्छे से देख लूँगा।"

"बहुत आभार, प्रकाश। बहुत परेशान थी मैं, पर आप हमेशा एक सेव्यर की तरह आ जाते हैं।"

"और हमेशा मैं ऐसे ही रहना चाहूँगा।"

"हम्म! सही कह रहे हैं आप।"

"तो अब मैं चलूँ?"

"मैं छोड़ देता हूँ आपको घर। मिल भी लूँगा सबसे।"

और वो चल पड़े प्रकाश की गाड़ी में, घर की ओर।

"आइसक्रीम खाओगी?"

"हम्म, माँ-पापा, रोजी और मृग्या के लिए भी ले लेते हैं।"

"ठीक।"

घर पहुँचकर सबने खूब मस्ती की, बातें कीं और फिर शाम को छाया उड़ चली मृग्या को लेकर। एक अविश्वसनीय अटूट निर्णय लिये।

□

17

"ट्रिंग! ट्रिंग!"

"जी दी, आई मीन छाया।"

"हम्म! आ गई मैं, तीस हजारी कोर्ट पर आ जा।"

"क्याऽऽऽ! तुम आ गईं? ओ माई गॉड! इट्स अन्बिलीवबल।"

"पर सच है, बिलीव ईट। आ जा जल्दी।"

"बस, एक घंटे में पहुँची।"

"मुझे भी उतना ही वक्त लगेगा।"

"ठीक है मिलते हैं, फिर।"

□

आकृति तैयार होकर निकल ही रही थी कि उसे मृगेश ने टोका।

"कहाँ चली, मैडम?"

"छाया से मिलने।"

"क्या, छाया आ रही है?"

"जी, उसी से मिलने जा रही हूँ।"

"मैं भी चलूँ तुम्हारे साथ, मिल लूँगा?"

"पर उसने कहा था अकेले आने की।"

"मैं समझा दूँगा, प्लीज चलो न।"

"जी, चलिए।"

छाया पहले से ही वहाँ खड़ी थी। आकृति गाड़ी से उतर कर तेजी से

उससे लिपट गई। दोनों बहुत भावुक हो गई थीं। इतने में ही मृगेश आया और छाया को देखकर बोला—

"कैसी हो, छाया?"

छाया एकदम से भन्ना गई, "मृगेश और यहाँ···कैसे?"

उसने आकृति को देखा।

"मैं क्या करती? जबरदस्ती आ गए और मैं मना नहीं कर पाई। पति हैं मेरे।"

"पति! हा···हा···हा···हा···। छोड़ो खैर, मुझे उस विषय में बात नहीं करनी।"

"पर, मुझे करनी है छाया।" मृगेश बोला।

"जबरदस्ती है क्या ये कोई?"

"छाया, कर ले न एक बार बात। मेरा पति समझकर ही कर ले, प्लीज।"

थोड़ी देर के लिए खामोश हो गई छाया फिर बोली—

"अच्छा, बोलो।"

इतने में ही मृग्या रो पड़ी।

"मैं देखती हूँ इसे। आप बात कर लो एक बार। बाद में मैं करती हूँ।"

छाया में अजीब नजरों से देखा तो आकृति बोली—

"मेरे कहने पर, प्लीज।"

छाया मान गई।

"कहो, क्या कहना है?"

"कैसी हो तुम?"

"जो बात करनी है सीधे कहो। इधर-उधर की बात नहीं करनी मुझे।"

"इतना नाराज हो मुझसे छाया? तुम्हें कुछ नहीं पता, खैर···बेशक नाराज रहो पर एक बार तो ठीक से बात करो।"

"क्यों करूँ बात, रहा क्या है बाकी? हम दोनों बहनों की जिंदगी खराब कर दी है आपने। और क्या चाहिए अब?"

"मैंने कुछ खराब नहीं किया, जान। समझो छाया, तुम्हें नहीं पता मुझे कैसे

मजबूर किया गया था? किस तरह से तुम्हारा वास्ता देकर मुझे मजबूर किया गया था। दो बार खुदकुशी की साजिश की थी, ताकि मैं आकृति से ही शादी करूँ और मुझे कहा गया था कि तुमसे कहूँ कि तुम बस सजाने की चीज हो, पर सच ये नहीं था छाया। मैंने सिर्फ तुम्हें प्यार किया था और शायद इसीलिए अब तक वो प्यार नहीं दे पाया आकृति को और न ही दे पाऊँगा। और तुम भी बिना बताए कुछ भी ऐसे घायल हो गई। मैंने तो कहा था हम ऐसे ही रहेंगे हमेशा जैसे थे! फिर तुम क्यों चली गई थी, छाया? कितना प्यार करता हूँ तुम्हें? कैसे समझाऊँ, शायद कभी नहीं समझ पाओ तुम मुझे कि कैसे एक-एक पल गुजरा है तुम्हारे बिना और अब तुम आ गई हो तो नहीं जाने दूँगा।"

कहते हुए मृगेश ने छाया का हाथ थाम लिया, जिसे छाया ने एक झटके से छुड़ाया।

"तुम्हें जरा सी भी शर्म नहीं आती, मृगेश? और कितना बेवकूफ बनाओगे? तुम क्या किसी को प्यार करोगे, तुम्हें सिर्फ इस्तेमाल करना आता है, पर न मैं ऐसी हूँ और न मेरे संस्कार ऐसे थे, जो किसी और को भी बरबाद करते। बड़ी आसानी से तुमने इल्जाम लगा दिया आकृति पर। पर मृगेशजी, एक बात कहूँ आपसे? दुनिया में कोई भी किसी से भी जबरदस्ती कुछ नहीं करवा सकता। सब अपनी सहूलियत और आराम के अनुसार काम करते हैं। आपको उस वक्त लगा कि आपके दोनों हाथों में लड्डू रहेंगे तो आपने वो फैसला लिया, लेकिन जब एक लड्डू छूट गया तो आपके अहम् को चोट लगी और उसका बदला आपने अपनी पत्नी आकृति से लिया। जब आपको शरीर की जरूरत पड़ी, तब कोई फर्क नहीं और जरूरत पूरी होते हैं, फिर से असली रंग। कमाल है आपका प्यार। हद्द घटिया दर्जे का।"

"ऐसे मत कहो, छाया। संबंध बनाना मजबूरी था, क्योंकि पत्नी थी और फर्ज था मेरा, पर प्यार नहीं कर पाया।"

"बकवास बंद करो। अब बहुत हो गया, मृगेशजी! संबंध बनाना फर्ज और प्यार नहीं करना, क्यों वो फर्ज नहीं था और बिना प्यार के संबंध बड़े बना लिये आपने? मानती हूँ प्यार किया था आपसे कभी, पर मूर्ख नहीं हूँ

मैं। और जब मेरे प्यार का वास्ता लेकर आपने शादी की, अपनाया तो फर्ज पूरे निभाने चाहिए थे। हर तरह से सबकुछ देना चाहिए था, संपूर्ण अधिकार। पर आपने अपनी सहूलियत के अनुसार किया। जब मन किया खेला उससे, जब मन किया दुत्कार दिया। ऐसा नहीं होता, मृगेशजी। इसलिए मुझे बेवकूफ बनाने की कोशिश न कीजिए।"

"छाया, तुम गलत समझ रही हो। मैंने सच में सिर्फ तुमसे प्यार किया है, समझो।"

"ठीक है! अगर वाकई सिर्फ मुझसे प्यार किया है तो आज उसी प्यार का वास्ता, जिस तरह से मेरी बहन के शरीर से खेला है न, जिसे आप प्यार करते हो, जब आपका मन करता है, मजबूरी में फर्ज का नाम देकर, बस वैसे ही उसे पूरा अपना लो। उसके हिस्से का प्यार, इज्जत सबकुछ सिर्फ उसे दे दो, बस! हाथ जोड़कर यही विनती है।"

"ठीक है, छाया! जैसा तुम कहो, पर प्लीज अब बात तो करोगी न? गायब तो नहीं हो जाओगी फिर से?"

"आप अपनी गृहस्थी में मन लगाओ। मेरी फिक्र करने के लिए मेरे माँ-पापा हैं।"

फिर बात का रुख बदलते हुए बोली—

"क्या अब मैं आकृति से कुछ बातें कर लूँ?"

"हाँ, बिल्कुल करो। भेजता हूँ, और क्या मैं मृग्या को खिला सकता हूँ थोड़ी देर जब तक तुम लोग बात करो?"

"हम्म! आपकी ही बेटी है, खिलाओ अच्छे से।"

□

थोड़ी देर में आकृति आई। छाया ने बड़े प्यार से साथ बिठाया और कहा—

"तेरी कहीं कोई गलती नहीं है, आकृति। अपने मन में कोई, कैसा भी बुरा विचार न लाना।"

"नहीं छाया, सिर्फ एक मेरी वजह से सबकुछ बिगड़ गया।"

"पागल है क्या? ऐसे नहीं कहते।" मुझे इतना पता है कि तूने प्यार किया और जो तुझे सही लगा वो किया। बस, इतनी सी बात है। अच्छा सुन, अब जो मैं कहने जा रही हूँ, ध्यान से सुनना।"

"बोलो?"

"आकृति, मैं तुझसे बहुत प्यार करती हूँ, हमेशा से ही और तेरे लिए कुछ भी कर सकती हूँ। आज जो फैसला लिया है मैंने, उसे समझने की कोशिश करना।"

"जो भी बोलो, सब मंजूर है। बताओ बिना ज्यादा सोचे कि क्या निर्णय है और किस विषय में हैं?"

"आकृति तुम दोनों ने सब जगह कोशिश की, पर इलाज कामयाब नहीं हुआ। क्या ऐसा है?"

"हाँ, बहुत कोशिश कर रहे हैं पिछले एक साल से, अंग्रेजी दवा से लेकर देसी दवा तक, पर कोई फर्क नहीं। यहाँ तक कि आई.यू.आई. और आई.वी.एफ. भी करवाया, पर कामयाब नहीं हुए। समझ नहीं आ रहा क्यों हो रहा है ऐसा? डॉक्टर भी अब कह रहे हैं कि आप बच्चा गोद ले लो।"

कहकर रोने लगी आकृति। छाया ने उसे अपने सीने से लगा लिया और चुप करवाया। फिर से आकृति बोली—

"मैं तो गोद लेने को भी तैयार हूँ और सच में दिल से तैयार हूँ, पर मृगेश नहीं मान रहे। कहते हैं हो जाएगा आज नहीं तो कल, हम कोशिश कर रहे हैं न। पर छाया, जिस तरह मैं रोज-रोज मरती हूँ न, अब बर्दाश्त नहीं हो पा रहा यूँ नाकाम होना। एक असुरक्षित और नाकामयाबी का एहसास घर कर रहा है। मृगेश तो सिर्फ तब आते हैं, जब कुछ···वरना अब वो ज्यादा मतलब नहीं रखते। मेरा घर टूट रहा है, छाया।"

सबकुछ बहुत ध्यान से सुना छाया ने फिर बोली—

"सुन, ध्यान से और समझ। मुझे तुझसे बढ़कर न तो किसी से प्यार है और अब न ही यकीन। इसलिए मैं चाहती हूँ कि मृग्या को तू सँभाले, पर अगर तू दिल से चाहे तो। उसके लिए तुझसे ये समझना होगा कि वो तेरी भी

बेटी है। तेरा पति मना नहीं कर सकता इसके लिए, क्योंकि ये उसकी बेटी है। आंटी-अंकल भी कुछ नहीं कहेंगे, जैसे तूने बताया कि और किसी को दिक्कत नहीं, पर क्या तू तैयार है?"

थोड़ी देर के लिए शांत हो गई आकृति।

"क्या सोच रही है? माँ की तरह अपना नहीं पाएगी या… ?"

"तू कैसे रहेगी, छाया?"

"मैं जो तुझसे कह रही हूँ बस, उसका जवाब दे।"

"मैं हमेशा तुझसे जलती रही। क्या-क्या नहीं किया तेरे साथ? तेरा सबकुछ छीन लिया और आज तेरे जीने का एकमात्र सहारा भी छीन लूँ…मैं खुद को कभी माफ नहीं कर पाऊँगी, छाया।"

"अगर मृग्या को उसका पूरा परिवार मिल जाएगा और तू आकर्षणा माँ जैसी बन जाएगी तो मुझे लगेगा तूने मुझे आज दिल से, आत्मा से अपना लिया, आकृति। अब सब तुझ पर है। बस, मैं तुझे परेशान न पहले देख सकती थी और न ही अब।"

"तू बहुत अच्छी है, छाया।"

"हाँ, तेरी बहन जो हूँ तो बनता है न?"

और दोनों खिलखिलाकर हँस पड़ीं, हालाँकि आँखें नम थीं और छलक भी रही थीं।

□

18

सारी औपचारिकताए पूरी हो गई थीं। अब आकृति मृग्या की कानूनी और जायज 'माँ' थी और छाया 'मौसी'। अब विदा लेने का समय था। आकृति ने बहुत रोकने की कोशिश कि पर छाया···वो कहा किसी के रुकने से रुकी है कभी? बस इतना बोली—

"मैं हूँ हर पल, हर खुशी-दुःख में तेरे साथ।"

और मृग्या के सिर पर हाथ फेर दिया। फिर अलविदा कर चली गई, कभी लौट कर न आने का इरादा मन में लेकर।

आकृति ने मृग्या को सीने से लगा लिया और समझ गई कि छाया उससे क्या कहना चाहती थी। बहुत शुक्रगुजार थी वो छाया की, जिसने अपनी दिल की धड़कन उसे सौंप दी थी और शायद यही उसका प्रायश्चित्त था कि वो आत्मा से हर रिश्ता निभाए। आज भी छाया ही उसके काम और अस्तित्व को खड़ा करने के लिए आई थी। हमेशा की तरह···

मृगेश ने छाया से बहुत प्यार किया था और आज भी करता है, लेकिन छाया ने जो उसकी कीमत माँगी थी, उसे अब वो निभाने की कोशिश करेगा। हालाँकि मुश्किल है बहुत, पर शायद छाया का अपना नजरिया है। और अब उसे अपने परिवार के साथ सौ प्रतिशत रहना है। पर छाया की जगह कैसे देगा वो किसी को भी, शायद कभी नहीं और अब तो उसके बेटी भी है, ये उसे पता चल गया है। बस यही एहसास काफी है। उसे जो सोचना है, वो सोच सकती है। अगर नफरत करती है उससे तो करे, रहूँगा तो उसके जहाँ में ही

बस खुश रहे वो। सोचकर वो मुसकराया और आगे चल दिया···

ग्रिजेश और मृगांका भी बहुत खुश थे, ये सोचकर कि वो दादा-दादी हैं। अब बस अपनी पोती से मिलना था उन्हें···

"मम्मीजी, पापाजी। देखिए तो कौन आया है?"

मृग्या रोए जा रही थी। शायद छाया की याद आ रही थी, पर बच्ची है अभी दो साल की, सँभल जाएगी। बच्ची की आवाज सुनकर दोनों बाहर दौड़े आए।

"छाया आई है क्या?"

मृगांका ने पूछा।

"हाँ, मम्मीजी। ये छाया ही तो है।"

दादी-दादा तो खुशी के मारे खुद को सँभाल ही नहीं पा रहे थे। मृग्या के लिए बावले-से भाव-विह्वल हो रहे थे। बरसों बाद ये खुशी इस घर में दिखी थी, जिसे सब खुल कर जी रहे थे···

शाम को जब मृगेश घर लौटा तो माहौल इतना खुशनुमा था कि देखकर मन तृप्त हो गया। कब से ऐसे ही देखना चाहता था वो अपने घर को? इतने में उसे बच्ची के चिल्लाने की और हँसने की आवाज सुनाई दी तो दौड़ के घर में गया···

"छाया···!"

"हाँ, छाया ही तो है ये।"

मृग्या के सिर पर हाथ फेर कर आकृति ने कहा।

मृगेश हैरत भरी निगाहों से जब उसे देखने लगा तो वो बोली—

"मुझे एक बच्चा चाहिए था और मेरी ये माँग भी मेरी बहन ने ही पूरी कर दी। ये अकेला सहारा थी उसका, फिर भी वो मुझे ही सौंप गई। अब से कानूनन मैं इसकी माँ हूँ। वो इस बच्ची को इसके परिवार को सौंप कर चली गई, पर इसमें वो हमेशा रहेगी। हर कदम पर मेरे साथ। आप अपनी मरजी से जिंदगी जैसे जीना चाहें, जी सकते हैं मृगेश, पर मैं अपने फर्ज और

जिम्मेदारियों से पीछे नहीं हटूँगी कभी।"

कहकर आकृति बाहर जाने लगी तो मृग ने उसका हाथ थाम लिया, "मुझे माफ कर दो, कृति।"

पर उसने कोई जवाब नहीं दिया और मुसकराकर बाहर चली गई। मृगेश भी अपनी बच्ची के पास जाकर सबके साथ बैठकर उसके साथ खेलने लगा···

□

19

पूरे रास्ते बस सोचती रही छाया और एक टिशू पेपर पर पेन से लिख डाला—

“जिस दीये से मैंने रोशनी की उम्मीद की···
उसी ने मुझे जला कर
खाक में मिला दिया
बहुत चाहती हूँ जाना दूर
पर मेरी ही राख से उसने
अपना चूल्हा जला लिया
खुश है वो बहुत अपनी
नई जिंदगी बसाकर
मेरे राख के ढेर पर अपनी
ख्वाहिशें सजाकर···

उम्रकैद की तरह होते हैं कुछ रिश्ते
जहाँ जमानत देकर भी रिहाई
कभी मुमकिन नहीं···
कभी लौटकर आना चाहो
कभी तो···
मुझे पहले बता देना
मुझे खुद को ढूँढ़ने में

कुछ वक्त लगेगा··· !
क्योंकि···
जो किए ही नहीं कभी मैंने,
वो भी वादे निभा रही हूँ मैं···"

फिर न जाने क्या सोच उसे डस्टबीन में डाल आई, क्योंकि वो मृग की कोई याद नहीं रखना चाहती थी।

□

"आ गई बेटा तू वापस?"

आकर्षणा ने दरवाजा खोला तो कहा। छाया मुसकराई और अंदर आई। प्रकाश भी वहीं था।

"कैसा रहा सफर? जिस काम से गई थीं, वो हो गया?"

उसने पूछा तो उसने हामी में गरदन हिला दी, पर आँखें भर आईं उसकी।

"क्या बात है, छायाजी? आप परेशान हैं कुछ। सब ठीक तो है?"

प्रकाश जरा चिंतित हो गया। उसकी पेशानी पर लकीरें उभर आईं। छाया ने गरदन हिला कर ही 'कुछ नहीं' का संकेत दिया। पर प्रकाश को संतुष्टि नहीं हुआ।

"मृग्या कहाँ है?"

उसके इतना पूछते ही फूट के रो पड़ी छाया। आकर्षणा ने आकर उसे सँभाला। महेश भी चुपके से आँसुओं बहा रहा था। बेटी के सामने वो कमजोर नहीं पड़ना चाहता था, इसलिए उसके सामने नहीं गया।

"प्लीज मुझे बताइए, अंकल। क्या हुआ है? कहाँ है मृग्या?"

महेश ने कोई जवाब नहीं दिया। बस, उसका हाथ पकड़ा और अपने माथे पर रख रोने लगा। परेशान हो गया बहुत प्रकाश।

कुछ समझ नहीं पास रहा था। बस, महेश को चुप कराता रही और सोचती रही। अजीबोगरीब खयाल आ रहे थे मन में। जब थोड़ा शांत हुआ महेश तो उसने फिर पूछने की कोशिश की, लेकिन उसने कुछ नहीं। इतना तो

प्रकाश को समझ आ गया कि इसका जवाब सिर्फ छाया से ही मिलेगा, वो भी अगर वो चाहेगी तो।

"छाया प्लीज! क्या मैं जान सकता हूँ, मृग्या कहाँ है?"

"क्यों जानना है?"

"क्योंकि बेटी की तरह माना है मैंने उसे। मजाक नहीं है मेरा मन भी।"

"माफ कर देना, पर अब वो वहाँ है, जहाँ उसे होना चाहिए था, अपने घर में। अपने पूरे परिवार के साथ।"

"और तुम···क्या करोगी अब उसके बिना? तुम्हारी तो दुनिया थी वो। यही कहती थी तुम हमेशा। अब क्या हुआ? ऐसे कैसे तुम ये कर पाई? बहुत महान् समझती हो खुद को?"

कब वो आप से तुम पर आ गया उसे खुद भी पता नहीं चला। पर बहुत दुखी था, वो छाया के इस फैसले से।

"आपको ऐसा कुछ भी बोलने या सोचने का हक नहीं दिया है मैंने कि आप मुझसे सवाल करें। मेरी जिंदगी है और मैं खुद जानती हूँ कि क्या सही है और क्या नहीं। किसी और का दखल नहीं चाहती मैं।"

प्रकाश को गुस्सा आ गया। खड़ा होकर ताली बजाने लगा और फिर बोला—

"वाह मैडम, वाह! बहुत खूब! मेडल मिलना चाहिए आपको। छायाजी, माना आप इंडिपेंडेंट वूमैन हैं, पर कभी-कभी पत्थर नहीं इनसान बनकर सोचना चाहिए। महानता में कुछ नहीं रखा, वरना ऐसे ही अकेले रह जाओगी और कोई पूछने वाला भी न होगा।"

"तो जाइए न आप भी? किसने कहा है दया दिखाने को? मैं अकेली ही ठीक हूँ। नहीं चाहिए कोई मुझे।"

"नहीं जाऊँगा मैं कहीं। हर बार तुम्हारी मरजी नहीं चलेगी।"

और आकर उसने छाया को पानी का ग्लास थमाया। छाया ने पानी पीकर ग्लास अलग रखा और जब प्रकाश जाने लगा तो उसका हाथ थाम कर बोली—

"अभी मत जाओ।"

प्रकाश रुक गया और फिर उसने छाया को बताया—

"माँ-पापा का वीजा हो गया है, बेटी के साथ रहने के लिए जब तक चाहें।"

"थैंक यू, प्रकाश!"

"हम्म!"

"चाय पियोगे?"

"मैं बनाता हूँ, अदरक-तुलसी वाली!"

और सब मुसकरा दिए।

फिर छाया उठकर आई प्रकाश के साथ खड़ी हो गई और उसे सारी बात बता दी। प्रकाश की भी आँखें नम हो गईं। बोला—

"कोई नहीं, हम सब है न? और एक बच्ची ले लेना तुम। अपने जैसा बनाना उसे भी।"

और दोनों हँसने लगे···

□

20

आज स्कूल में दाखिला कराना था मृग्या का। सुबह से ही मृगेश और आकृति तैयारी कर रहे थे। बहुत प्यारी लग रही थी आज उनकी बेटी···बिल्कुल छाया जैसी···बेहद खूबसूरत। नजर न लगे। दादी-दादा ने उसकी नजर भी उतर ली थी और काला टीका भी लगा दिया था। अभी सिर्फ तीन वर्ष की होनेवाली थी पर इतनी शांत, गंभीर और समझदार थी कि लगता था कोई देवी ही हो। छाया का प्रतिरूप थी।

"चलो-चलो, देर हो रही है।"

आकृति ने कहा—

"हाँ चलो, सब रख लिये न डॉक्युमेंट्स हमारे भी ?"

मृगेश ने पूछा—

"हाँ जी! सब रख लिये।"

"ठीक है।"

"चलो बेटा! आओ जल्दी।"

"आई मॉमजी।"

"ठीक पापा! चलिए।"

आकृति एकदम से पलटी। ऐसा लगा मानो छाया बोल रही हो।

बहुत लंबी लाइन थी, पर आ गया था नंबर। बहुत खुश थी आज आकृति। सोचा, एक बार छाया को भी बता दे। उसने फोन मिलाया।

"बीप-बीप-बीप ट्रिंग··।"

"हाँ आकृति, क्या बात है! सब ठीक तो है ?"

"हाँ छाया, अब सब बिल्कुल ठीक है। बस एक खुशखबरी देनी थी।"

"हाँ-हाँ, बोल न!"

"अभी कहाँ है तू।"

"अपने स्कूल में और कहाँ? तू कहाँ है?"

"मैं भी स्कूल में ही हूँ।"

"तू क्या कर रही है स्कूल में?"

"छाया, भुलक्कड अपनी बेटी स्कूल जाने लायक हो गई है उसका दाखिला कराने आए हैं। सब सही से हो गया है। बस, फॉर्मेलिटीज बाकी हैं।"

"अरे वाह, मुबारक हो। मुन्ना इतनी बड़ी हो गई?"

"हाँ छाया, वो इतनी बड़ी हो गई और बिल्कुल तुझ जैसी है। सच कहा था तूने कि तू साथ ही है।"

"अच्छा, कैसी है मृग्या वैसे?"

"मृग्या नहीं···छायाकृति हमारी। अच्छा चलती हूँ, छाया। बुला रहे हैं अंदर! खयाल रखना।"

छाया मानो हवा में उड़ रही हो···उसकी मुन्ना इतनी बड़ी हो गई कि स्कूल जाने लगी और उसका नाम सुनकर लगा, आज संपूर्ण हो गई उसकी तपस्या, जब आकृति ने नाम बताया। वाकई वह उनकी बेटी ही है सिर्फ उन दोनों की।

"छायाकृति!"

सिर्फ उन दोनों की 'छायाकृति' उसकी और आकृति की 'छायात्मजा!!' उसकी और आकृति की 'आत्मजा!!'

21

घर आकर छाया ने सबको मिठाई खिलाई। प्रकाश भी वहीं था। आज उसने खाना बनाया था। छाया ने देखा तो खुश हुई बहुत। बोली—"अरे वाह! क्या बात है प्रकाशजी! लग तो अच्छा रहा है शक्ल से।"

"कैसे पता कि मैंने ही बनाया है।" प्रकाश ने हैरत भरी नजरों से देखा उसे।

"अरे, इसमें कौन सी बड़ी बात है। माँ इतना सजा कर नहीं परोसती न।"

"ओहो! यही गलती हो गई। अच्छा चलो, अब खाना खाते हैं, बहुत भूख लगी है सच में।"

और सब हँसी-खुशी के माहौल में खाना खाने लगे।

"वाकई काफी लजीज बना है भोजन। अच्छे बावरची हो आप, प्रकाशजी।"

"जी शुक्रिया मोहतरमा, इस नाचीज के बनाए पक्वान्न आपको पसंद आए। जहेनसीब।"

और फिर सब तेज-तेज हँसने लगे।

ऐसे ही हँसते-मुसकराते दिन बीत रहे थे। एक दिन अचानक छाया के फोन की घंटी बजी।

"ट्रिंगगगगगगगगगग। ट्रिंगगगगगगगगगग।"

"हाँ आकृति! क्या हुआ, सब ठीक तो है?"

"हाँ छाया, सबकुछ एकदम ठीक है, बस कुछ बताना था हमारी बेटी के बारे में।"

"हाँ, बोल न, कैसी है वो?"

"बिल्कुल तेरे जैसी! सिर्फ रूप-रंग ही नहीं बल्कि फितरत, आदतें और समझदारी भी। ऐसा लगता है, वो बेटी नहीं माँ है मेरी। जैसे तू है, मेरी बड़ी बहन से बढ़कर मेरी माँ ज्यादा।"

"अचानक कैसे?"

"अभी स्कूल से आई थी। आज आठवीं कक्षा का परिणाम आया है न तो अव्वल तो आई ही है। दौड़कर आई मेरे पास बोली, मॉमजी! आटे का हलवा बना दो, आपकी बेटी प्रथम पुरस्कार लाई है। तो माँजी ने कहा, अरे! तुझे तो देखकर ही पुरस्कार मिल जाता है हमें। पता है, जैसे ही ऐसा सुना न चेहरा उतर गया, पर खुद को सँभाल, मुसकराकर बोली, मुझसे, आती हूँ मॉमजी। कपड़े बदल कर जबकि उसकी आँखों के आँसू नजर आ रहे थे, जो यह अहसास दिला गए मुझे कि तुझे कैसा लगता होगा, जब तेरे हुनर के बजाय तेरी सूरत की तारीफ करते थे सब और जो मैंने किया, वो तो माफी के लायक था ही नहीं, पर तू पता नहीं कैसे इस जहाँ में आ गई, हमारे लिए और मैंने उसे कसकर गले से लगा लिया, उसका परिणाम पत्र पढ़ा और सबको दिखाया, क्योंकि मैं नहीं चाहती थी कि हमारी छाया समझौते करे। बस तेरी याद आ गई, सच कहूँ तो बेशक हम दोनों छायाकृति की माँ हैं, पर वो और उसका व्यक्तित्व दरशाता है कि वो-वो सिर्फ 'छायात्मजा' है। पर यह भी सच है छाया कि वो मेरी बेटी कम, माँ जैसी ज्यादा है। और तू बता, कैसा चल रहा है सब?"

"बहुत बढ़िया। अच्छा लगा सुनकर। खयाल रखो तुम दोनों माँ-बेटी अपना।"

"और किसी के बारे में कुछ नहीं पूछना तुझे?"

"तू और हमारी बेटी दोनों के बारे। एक पता लग गया बस काफी है और कोई है नहीं। इसलिए आगे से मत कहना कि और किसी के बारे में··समझी आकृति मैडमजी।" हँसकर छाया ने कहा।

"जी! अच्छे से समझ गई बड़ी मैडमजी, ही-ही, चल अपना खयाल रखना। माँ-पापा को नमस्ते कहना। रखती हूँ।"

और फोन कट गया। छाया बहुत खुश हुई थी सुनकर और उसके जेहन में वही घूम रहा था कि तेरी जैसी है छायाकृति!

छायात्मजा (एक बेटी··माँ सी)।

□□□